国民阅读文库

彩图版中国历史故事系列
Illustrated Chinese History Stories

春秋战国故事

韩震 ◎ 主编

吉林出版集团股份有限公司

图书在版编目(CIP)数据

春秋战国故事/韩震主编.—长春:吉林出版集团股
份有限公司,2011.1(2024.2 重印)

(国民阅读文库·彩图版中国历史故事系列)

ISBN 978-7-5463-4576-5

Ⅰ.①春… Ⅱ.①韩… Ⅲ.①中国－古代史－春秋战国
时代－通俗读物 Ⅳ.①K225.09

中国版本图书馆 CIP 数据核字(2010)第 254592 号

春秋战国故事　　韩震　主编

出版策划:崔文辉		**文字撰写**:王伟波	
选题策划:赵晓星		**设计制作**:永乐图文	
责任编辑:赵晓星		**插图绘制**:永乐图文	
责任校对:刘晓敏			

出　　版:吉林出版集团股份有限公司

　　　　　(长春市福祉大路 5788 号,邮政编码 130021)

发　　行:吉林出版集团译文图书经营有限公司

电　　话:总编办 0431-81629909　营销部 0431-81629880/81629881

印　　刷:三河市华阳宏泰纸制品有限公司

开　　本:787mm × 1092mm　1/16

印　　张:10

字　　数:120 千字

版　　次:2011 年 1 月第 1 版

印　　次:2024 年 2 月第 6 次印刷

定　　价:49.80 元

如发现印装质量问题,影响阅读,请与印刷厂联系调换,电话13313168032

总 序

人们常说开卷有益，因为读书可以让人分享更多的经验、了解更多的知识、感悟更多的情感、领会更多的道理、内化更多的智慧。作为人类进步的阶梯，人类须臾不能离开图书的支撑。

图书的力量是由语言所内涵的经验、知识、思想、文化和智慧构成的。作为万物的灵长，人类命定是与语言联系在一起的。语言是人类精神生存的家园。如果说口头语言扩展了人类交流经验知识的内涵，文字语言却进一步使人类理智具有了超越时空的力量。图书，无论介质怎样，也不管形式如何，都无非是把文字语言加以整理保存下来的形式而已。有了图书，在前人那里或他人那里作为认识结论或终点的知识，都可以成为我们进一步探索的起点。假如没有图书，知识将随着掌握者肉体的死亡而消失；有了图书，所有的知识都可以积累起来，传递下去。

图书所体现的文字语言的力量，是通过阅读形成的。阅读，或同意、或保留、或质疑、或辩驳，都可以激活人们的思想力、想象力、创造力，都可以感染人们的人性情怀和情感世界。文字符号必须通过与鲜活头脑的碰撞，才能擦出思想的火花。只有通过阅读，冰冷的符号才能迸发出智慧的火焰。因此，图书不只是为了珍藏，更是为了人们的阅读。各种媒介的书写——甲骨文、竹简、莎草纸、牛皮卷、石碑、木刻本、铅印本、激光照排、电子版——都须在人们的阅读中，才能发挥传递知识、传承文明、激发智慧的功能。

阅读犹如划破时空边界的闪电，使知识的传递和思想的交流不再限于一定时空体系内面对面的直接的人际交流。在这个意义上，读书已经构成超越时空的力量。

阅读是照亮晦暗不明的历史档案馆的明灯。通过文字的记载、叙述与说明，书籍使人类的知识、思想、情感和文化跨越了历史的长河，形成了文化传承的绵延纽结。通过阅读，我们可以与古代的先哲前贤进行思想对

话。阅读《诗经》，似乎是让我们穿越时空隧道，回到几千年前的远古时期，感悟古代神州各地先民的所求所望；阅读经典，也能够让我们与老子、孔子、庄子、孟子、韩愈、柳宗元、苏轼、朱熹、康有为、梁启超、孙中山等无数先哲对话切磋……

阅读是连通不同文化之间鸿沟的桥梁。通过读书，我们不仅了解了中国古代思想家的理想与追求，还了解了古希腊苏格拉底、柏拉图、亚里士多德等哲学家的关注与思考；通过读书，我们知道了洛克、伏尔泰、狄德罗、卢梭、康德等启蒙思想家的探索与呐喊；通过读书，我们也可以与非洲、拉丁美洲、欧洲的人们一起，对现代世界或感同身受，或看法不一……

阅读关系每个国民的科学素质和文化素养。读书往往决定一个人的文化修养、知识广度和思想境界。阅读，让我们与伟大的心灵对话，与智慧的头脑同行。有了阅读，每个人都可以站在巨人的肩上！阅读，不仅让人有知识，而且有文化；不仅有能力，而且有智慧；不仅有头脑，而且有心灵。所以，人们说，书读多时气自华。在一定意义上说，你阅读什么书，你就是什么人；你的阅读水平，也就是你作为人的生存状态或生存样式。谁阅读的书更多些，谁的知识视阈也就更广阔些；谁阅读的书更多些，谁的精神世界也就更丰富些。

阅读关系一个民族的素质和质量，影响一个国家的前途和命运。如果说一个不读书的民族是没有希望的，那么善于读书、勤于阅读的民族才会有光明的未来。国民阅读能力和阅读水平，在很大程度上决定一个民族的基本素质、创造能力和发展潜力。善于阅读的民族，才能扬弃地继承本民族的优良文化传统，才能批判地吸纳世界各国最优秀的思想成果。一个民族的精神发育史，就是一个民族的阅读史。如果说阅读可以让一个人站在巨人肩上前行，那么一个善于阅读的民族就是站在人类文化成果的最高峰进步。在这个意义上，实现中华民族伟大复兴的愿景就有赖于全体国民的阅读。

历史早已证明：无论是传承传统文化，还是引进外来文化，无论是学习已有的知识，还是探索新的可能，图书都是不可或缺的有效载体或工具。但图书的作用不能仅仅是静静地摆在图书馆的书架上，而是让所有国民有更多的阅读机会。让更多的人有更多的阅读机会，就成为摆在我们面前的愿景。

吉林出版集团推出《国民阅读文库》，可谓应运而生，恰逢其时。这套内容丰富、体系宏大的丛书，面向全体国民一生的阅读需要，以通俗易懂、简洁明快、图文并茂的方式，辅以光盘等现代数字媒介，着眼国民需要，方便大众阅读。其受众对象，从幼儿到老年、从农民到工人、从群众到干部，包括所有群体，无一遗漏；其内容涵盖，从哲学社会科学、自然科学至日常生活、艺术审美、休闲娱乐，无所不包。编辑出版这套丛书，目的就是为了更有效地弘扬中国传统文化的精髓，吸纳全人类优秀文化的精华，传播人类最新知识和思想文化成果。

总之，这套丛书按照系统的整体思想，提出自己的独特出版规划，全面涵盖了读者群体与知识领域；这样的出版规划，旨在为全体公民提供一生的文化营养，构筑新时代国民的精神家园。希望有更多的人，流连于这个知识的海洋，漫步在这块思想的沃土，在这里汲取营养，在这里学习知识，在这里滋润情感，在这里丰富心灵，在这里提升能力，在这里升华理想。

祝愿各位读者与《国民阅读文库》同行，做一个终生阅读者，在阅读中获得快乐，在阅读中得到成长，在阅读中寻找成功，在阅读中度过有意义的人生！

前言

中华民族是一个有着五千年历史的文明古国，在漫漫的历史长河中，深深地烙下了自己的印迹。每一个重大的历史事件，每一位英雄伟人，就像是历史长河中的一幅图片，编织着五千年的历史画卷，见证着伟大民族的兴衰历程。

少年是国家的栋梁、民族的希望。在竞争激烈的当代，中国能否成为顶尖的世界强国，全在于少年的努力——"少年强则国强"。而历史是少年最好的老师，它像一面镜子映射出中华民族五千年的兴衰荣辱，我想每一个热爱生活的少年，都应该去了解祖国的历史，了解那些惊心动魄的历史画面和叱咤风云的时代缔造者。少年只有了解了中华民族的发展轨迹，才能从前人身上吸取经验和教训，从而更深刻地认识自己，正视现实，展望未来。

出于上述的目的，我们编纂了这套丛书。针对少年儿童的阅读兴趣，略去了传统中国通史严肃的叙述方式和枯燥的记叙手法，而选取了历朝历代最具特色的人物及历史事件；用生动的语言，以讲故事的叙事方法，将一个个历史事件娓娓道来。让小读者在阅读故事的同时，不知不觉便了解了中国几千年辉煌的历史。另外，为了消除阅读障碍，我们特别给生僻字标注了拼音；为了扩展知识面，我们特别增加了知识链接的小栏目。

读史使人明智，鉴史可知兴衰。到达知识的彼岸，需要我们不懈的努力，"路漫漫其修远兮，吾将上下而求索"，真心地祝愿我们的少年朋友能够在这套丛书中学到知识，增长见识，为中华民族的腾飞贡献自己的力量。

目录

平王迁都

扫码查看
☑ 中华故事
☑ 典故趣闻
☑ 能力测评
☑ 学习工具

周幽王"烽火戏诸侯"后，犬戎（róng）等北方少数民族军队占领了西周王朝的京城，杀死了周幽王，抢走了王宫里的财宝。诸侯们痛恨周幽王道德沦丧，没有人肯立刻派出军队来救援京城。

这时候，镇守在大周王朝西面边境的秦襄公却积极动员手下的军队，决定去救援京城。对秦襄公的这个决定，他手下的不少人都表示反对。

有人就对秦襄公说："如今，天下诸侯少说也有上百人，要论钱财和军队的实力，比我们强大的诸侯实在是太多了，可是现在没有一个人愿意去救援京城，就凭我们这点儿兵马能有什么作为呢？这不是拿着鸡蛋去跟石头硬碰吗？而且论起地位的话，您只是一个大夫，根本没有必要担起诸侯的责任啊。"

秦襄公严肃地说："我只知道，无论是大夫还是诸侯，都是大周的臣子，国家遭受危难的时候，我们做臣子的就应该出一份力。就算我将来在战场上被敌人杀死，那我也是光荣的，如果我继续躲在这里贪生怕死，任凭敌人践踏我们的国家，那我的内心将会承受不住这种耻辱。我不管别人怎么做，我只做我自己应该做的事，我宁愿为国家牺牲，也不愿羞愧地生存下去！"

很快，秦襄公就召集起了自己的全部军队，登上战车，率领军队火速赶往京城。到了京城

附近，秦襄公就遇上了犬戎的军队，两军立即就展开了激烈的战斗。秦襄公一身盔甲，在飞奔的战车上，手拿长戈，左右挥舞，一路冲杀过去，犬戎无人可挡。秦襄公的将士们见秦襄公这样勇猛向前，也都拼了性命嘶喊着向犬戎军队猛扑，虽然对于秦襄公来说是敌众我寡，但犬戎军队还是没有占到半点儿便宜。

正在两军打得昏天暗地之时，秦襄公在乱军中看见，有几辆战车正保护着周太子宜臼（jiù）向他这边靠来。秦襄公立刻指挥身边的将士去保护太子宜臼。这时秦襄公认为自己的兵力太少，不应该和敌人长时间打斗下去，否则就会吃亏了，于是，秦襄公开始命令军队保护着太子宜臼撤退。

后来，秦襄公亲自率兵护送着太子宜臼来到了洛阳。公元前770年，宜臼在洛阳继承了大周的王位，成为天子，史称周平王。因为新建的国家把都城从西都镐京迁到了东都洛阳，后人又称这个朝代为东周。从此，中国进入了一个漫长的、诸侯纷争割据的年代——春秋时期。

周平王为了酬谢秦襄公，封秦襄公为诸侯，秦国从此建立起来了。

周平王对秦襄公说："现在，我国岐山以西的土地都被犬戎占领了，如果你能夺回这些土地，那我就把那些土地全部都赐给你们秦国。"

秦襄公欣喜道："谢大王，臣一定为国家夺回并守卫住这片土地。"

秦襄公回到秦国后，就派遣使者带着礼物去同其他诸侯国建交。之后，秦襄公积极训练军队，几乎每年都向犬戎进攻，一寸一寸地为自己的国家开拓疆土。

周平王

周平王把洛阳作为周朝的新都城后，标志着东周的建立。由于周平王的父亲周幽王是个昏君，使周朝王室丧失了人心。所以周平王建立了东周后，周朝王室失掉的人心，并没有完全挽回。大多数诸侯都表面上对周天子表示服从和效忠，实际上周天子已经不能再像西周时代那样有效地行使自己的权利了。周平王一生并无什么作为，几乎没有建立任何威严。东周的开始只是周天子权利丧失的开始。

郑庄公黄泉见母

在周平王成为天子十三年后的某天，郑武公的夫人武姜经过了漫长的痛苦后，生下了一个男婴，给他起名叫寤(wù)生。三年后，武姜又给寤生生了个弟弟叫叔段。

因为武姜生寤生的时候难产，所以就很不喜欢他，而把全部的母爱都给了叔段。

郑武公快去世的时候，武姜说："还是咱们的叔段更懂事，更有才能，不如让叔段代替寤生当太子吧。"

郑武公摇了摇头说："不行，寤生是长子，又从来没做错什么，他会治理好国家的。"

不久，郑武公去世了。寤生继承了王位，成为郑庄公。

这时，武姜对郑庄公说："把制地(今郑州市荥阳氾水镇)封给你弟弟吧。"

郑庄公说："母亲，制地那里地势险要，是兵家必争之地，弟弟到那去，我怕会有危险的。"

武姜又说："制地要是不行的话，就把京邑(今郑州市荥阳东南)封给你弟弟吧。"

郑庄公有点儿犯难，因为叫京邑的那个地方的城墙很高，物产非常丰富，百姓也很多，郑庄公担心把弟弟封到那里后，一直梦想当国君的弟弟可能会谋反。

武姜看出了郑庄公不情愿，于是她就说："你父亲去世后，就靠你照顾我和你弟弟了，你却听信一些闲言闲语而怀疑你弟弟，以为他会威胁到你的王位。

你怎么能这样啊,他可是你亲弟弟啊。"

郑庄公被母亲说得没有办法,只好答应把京邑封给弟弟叔段。

大夫祭仲知道后,前来劝谏郑庄公说:"京邑那座城可比咱们的都城还要大呢,怎么能封给你弟弟呢?"

郑庄公无奈地说:"我母亲来求我了,难道我能拒绝吗?"

叔段到了京邑后,就加紧招兵买马,囤(tún)积粮草,加固城池,打造兵器。他打算和母亲武姜一起里应外合,率兵冲进都城,把哥哥郑庄公赶下王位,然后自己做国君。

母亲和弟弟的所作所为,郑庄公心里都清楚,但是他始终都不动声色。

但是叔段在京邑的胡作非为,引起了祭仲的警惕,他对郑庄公说:"京邑修建的城池,实在太大了,已经违反法律的规定了,您怎么能容忍叔段这么做呢?"

郑庄公说:"我母亲让他那么做的,我能有什么办法啊?"

祭仲又说:"您母亲就是想让叔段回来当国君,您该趁早把叔段安排到别的城市去,不要再让他继续胡作非为了。一直不断生长的野草都很难除掉,何况是您那位受宠爱的亲弟弟呢?"

郑庄公叹了口气说："坏事做得太多的话，最后就会伤害到他自己，咱们还是再等等看吧。"

叔段看郑庄公并不敢管他，于是就更加肆无忌惮，他命令郑国一些地方的官员和百姓不光效忠郑庄公，还要向他效忠。

郑国大臣公子吕实在看不下去了，对郑庄公说："一个国家怎么能同时有两个国君呢？您打算怎么做呢？如果您真想把王位让给叔段的话，那我就去服侍叔段；如果您不打算让出王位，那就赶紧杀掉叔段，不要让百姓们不知道该听从谁的命令好。"

郑庄公平静地说："用不着杀了他，做这些不义的事是得不到百姓的拥护的，他这样下去，还不知悔改的话，总有一天会害死自己。"

叔段终于作好了谋反的准备，武姜和他约定好了起兵谋反的日子，武姜说："你率领军队来到都城的时候，我会为你打开城门。"

这时有人把叔段起兵谋反的日期，告诉了郑庄公，郑庄公吁了口气说："是时候该解决这一切了。"于是他派公子吕率领两百辆战车去讨伐叔段，同时，京邑里的百姓们也纷纷起来反叛叔段，叔段被公子吕打败，仓皇地逃去了一个叫鄢邑的地方。郑庄公又派兵去攻打鄢邑，叔段又狼狈地逃去了共国（今河南辉县）。

郑庄公也很生他母亲的气，就把他母亲武姜赶出了都城，把她软禁在城颍（今河南临颍西北），还发誓说："不到看见黄泉那天，我们就不再相见！"

但是过了一段时间后，郑庄公又开始思念起自己的母亲，对自己发过的誓很后悔，可是作为国君，他又不能违背誓言。所以他命人在都城建造了一个很

高很高的台子,每当他思念母亲的时候,就登上高台面向城颍的方向遥望。

后来有个叫颍(yǐng)考叔的人进都城来给郑庄公进献贡品,郑庄公便请他吃饭。颍考叔在吃饭的时候,只吃别的菜而把肉留下来,郑庄公问他:"为什么不吃肉啊?"

颍考叔说:"臣家里还有老母亲,臣吃过的东西,臣的母亲都吃过,但是从没吃过大王赏赐的肉食,所以臣想把肉带回去给母亲尝尝。"

郑庄公听他这么说,就叹了口气说:"哎,真羡慕你有母亲可以孝敬,可是我却不能孝敬我母亲啊。"

"为什么啊?"颍考叔问。

郑庄公便把自己和母亲武姜的事告诉了颍考叔。颍考叔听完后笑着说:"这有什么可忧愁的呢,只要向下挖地一直挖到看见泉水,再从里面打一条隧(suì)道,一直通到您母亲住的地方,您不就可以和母亲见面了吗?这样也不违背您立下的誓言啊。"

郑庄公听到这个办法后,很高兴,立刻就照着做了。于是在隧道中,郑庄公终于见到了自己日夜思念的母亲,从此母子二人终于和好了。

郑庄公于公元前743年成为郑国君主,一直在王位上坐了43年,直到公元前701年去世。是春秋时期很有作为的一代君主。

郑庄公是春秋战国时期,郑国历史上最有才干的君主。论国土面积,郑国虽然是一个小国,但是因为郑庄公很有才能,把郑国治理得很强盛,就连周天子也要忌让郑庄公三分。郑庄公时代的郑国,军事实力很强,先后打败过周、虢(guó)、卫、蔡、陈五国联军和宋、陈、蔡、卫、鲁五国联军,很有霸主气势。当时天下的诸侯,对郑庄公是既尊敬,又畏惧。

宋宣公让国

在郑庄公继承王位的四年前,也就是公元前 747 年,宋国迎来了一位新国君,他就是宋宣公。

宋宣公的大儿子名叫子与夷,被宋宣公立为了太子。

公元前 729 年,宋宣公病倒了,他知道自己时日不多了,就把弟弟子和叫到病床前说:"子和,我死了以后,你就当国君吧。"

子和赶紧辞让说:"大王的好意,臣弟心领了。王位历来都是父死子继的,这是天下诸侯都共同遵守的规定,大王还是把王位传给太子吧。大王请放心,臣弟一定会尽心尽力帮太子治理好国家的。"

宋宣公拉着弟弟子和的手说:"子和啊,虽然父王死后,儿子继承王位是古往今来的传统,但是兄长死后,弟弟继承王位,也是天下诸侯都要遵守的规矩啊。你就不要再推辞了。"

子和还是坚持推辞说:"大王,您还是让我好好辅佐太子继承王位吧。"

"子和,难道你想让我死了也带着遗憾吗?"宋宣公微微带着怒气问子和。

子和不敢再让宋宣公生气,只好答应了说:"大王当心身体,臣弟听从你的安排就是了。"

于是,宋宣公去世后,他的弟弟子和继承了王位,史称宋穆公。

九年后,宋穆公也一病不起了,他把大臣孔父叫进王宫,对他说:"我哥哥宣公当年没有让太子继承王位,而是把王位让给了我,我一直都不敢忘记他的恩德。我死了以后,一定要把王位还给我侄儿子与夷,你要好好地辅佐他啊。"

孔父有点为难地说:"但是大王,大臣们都想拥立您的儿子子冯继承王位啊。"

宋穆公斩钉截铁地说:"千万不能拥立子冯继承王位,那样的话,我死了以后还有什么面目去见九泉之下的宣公呢?"

宋穆公为了消除自己的儿子在国内的势力,就把他送去了郑国居住。

公元前720年,宋穆公病逝。公元前719年,子与夷继承了王位,史称宋殇公。

当时人们议论这件事时说:"宋宣公可真是有智慧啊,把王位传给了弟弟宋穆公,成就了兄弟情义,到最后,王位又重新回到了自己儿子的手上。"

宋殇公继承王位,当了十年国君后,被奸臣华督所杀害。华督又从郑国接回了宋穆公的儿子子冯,拥立子冯为国君。公元前710年,子冯继承王位,史称宋庄公。

父 死 子 继 和 兄 终 弟 及

古代的继承制度规定,父亲去世以后,他的财产和权力都要由他的正妻生养的第一个儿子来继承,这就是父死子继的制度。但是,如果去世的人,特别交代将自己的财产和权力交由自己的弟弟继承的话,那就叫兄终弟及了。不过父死子继才是古代最标准的继承制度,兄终弟及只是一种特殊的情况。

石碏大义灭亲

宋殇(shāng)公成为国君的那年，卫国的姬(jī)州吁(xū)杀掉了自己的哥哥卫桓公姬完，自立为国君。

卫桓公和姬州吁的父亲是卫庄公，卫庄公先在陈国娶了位女子，生下了姬完，并把他立为太子。后来，卫庄公非常宠爱的一个小妾，生下了姬州吁。

卫庄公非常溺爱小儿子姬州吁，什么都依着他，顺着他，使他养成了骄纵狂妄的性格。姬州吁长大后，非常喜欢带兵打仗，卫庄公就让他当了将军。

卫国大夫石碏(què)看到这种情形后，心里很担忧，他对卫庄公说："只有太子才能继承王位，您让小儿子掌握了兵权的话，恐怕会威胁到太子的地位和国家的稳定，如果引发祸乱就不好了。"

卫庄公不以为然地说："你太多虑了，不会有什么事的。"

石碏的儿子石厚和姬州吁关系非常好，天天跟在姬州吁身边。石碏多次告诫儿子不要和姬州吁来往，但他儿子就是不听。

卫庄公去世后，公元前734年，太子姬完继承了王位，史称卫桓公。

卫桓公成为国君的第二年，就免除了弟弟姬州吁的兵权，姬州吁怀着对哥哥卫桓公的仇恨跑出了卫国。十二年后，姬州吁认识了同样是被哥哥赶出了国家的郑国公子叔段，两人臭味相投，成为了好朋友。之后，姬州吁不断地聚集收留一些亡命徒，准备回卫国争夺王位。

在外国处心积虑地谋划了十四年后，姬州吁带着一帮亡命徒回到了卫国。在一次宴会上，他刺杀了哥哥卫桓公，然后自己坐上了王位。他当上国君后，就封石厚做了大官。

有一天姬州吁对叔段说："如今我已经把王位抢回来了，你也该回郑国去把王位夺过来，我会出兵帮你的，怎么样？"

叔段非常高兴地说："哈哈哈，那可太好了，如果你能帮我夺回王位，我一定会加倍报答你！"

姬州吁笑着说："客气什么啊，以后我们两个国家就是兄弟之邦了。"

于是姬州吁派使者去游说宋国、陈国和蔡国，邀请他们一起出兵讨伐郑国，这三个国家都答应了。但是他们打了一个小胜仗后就退兵了，叔段还是没有夺回王位。

姬州吁害怕自己因为杀了卫桓公会招来国内人民的不满，他为了转移人民的视线，就不断地对别的国家发动战争，结果却让人民对他越来越仇恨。姬州吁心里很不安，他对石厚说："你回去问问你父亲，看他是否有办法帮我得到百姓们的支持。"

石厚回家后就问父亲石碏："国君想得到百姓们对他的支持，您有什么办法帮助他吗？"

石碏想了一会儿，对儿子说："如果他能得到周天子的接见，那就没人不服他了。"

"那怎么才能得到周天子的接见呢？"石厚又问。

石碏说："我听说陈国的国君和周天子的关系很好，如果姬州吁能亲自去陈国和陈国国君结

交成朋友的话,那陈国国君就会替他在周天子面前说好话了,还会安排他朝见周天子。"

石碏出了这么个主意,就是为了要铲除姬州吁。

石厚赶紧进了王宫,把父亲出的主意告诉了姬州吁。姬州吁笑着说:"真是个好办法啊,我会重重赏赐你父亲的。"接着姬州吁就带上了丰厚的礼物,和石厚一起去了陈国。

在同一时间,石碏给陈国大臣子针写了一封信说:"我们卫国实在太小了,而我也老了,做不了什么事了。现在去你们国家的这两个人,是杀害我们国君的凶手,请您将他们抓起来。"

因为卫桓公的母亲是陈国人,所以陈国听说是姬州吁杀了卫桓公后,就很愤怒。姬州吁和石厚一到陈国,就被陈国人给抓了起来。卫国就派人去陈国杀掉了姬州吁,但是没杀石厚。石碏说:"不能因为他是我的儿子,就可以逃过国法的惩罚。"于是他派自己的管家去陈国杀掉了石厚。我们今天所说的"大义灭亲"这个成语,就是这么来的。

公元前 718 年,石碏带领卫国人,把卫桓公的弟弟姬晋从邢国迎接回来,拥立他当国君,史称卫宣公。

春 秋 时 代 的 周 天 子

春秋时代的周天子,虽然在天下诸侯的心目中,已经没有了像西周时那样的威严,但是所有的诸侯,还是要向周天子称臣的,有的国家还是要向周天子按时地进贡物品。那时,周天子如果喜欢某一个诸侯,或是奖赏某一个诸侯的话,这个诸侯在其他的诸侯那就会得到尊重,诸侯们也以获得周天子的夸奖和赞美而感觉到荣耀。

假道伐虢

卫国的邻国是晋国，石碏大义灭亲六十多年后，晋国的国君晋献公开始把晋国治理得强大起来。

晋国附近有两个小国，分别是虢国和虞国。晋献公想把这两个国家吞并，但是这两个国家是同盟的关系，虢国遇到别的国家入侵的时候，虞国就会出兵援助，虞国遇到别的国家入侵的时候，虢国也会出兵援助。

有一天，晋献公问大臣荀息："我想把虞国和虢国这两个国家灭掉，但这两个国家是同盟，我们和这两个国家同时作战的话，会对我们很不利，你有什么计策吗？"荀息笑着说："这事很容易。我们只要拉拢其中一个国家，再出兵去攻打另外一个国家就可以了。虞国国君这个人非常贪婪，我们可以把他拉拢过来，只要您能舍得拿出您最喜爱的宝马和玉璧赠送给虞国国君，然后我们就出兵攻打虢国，虞国国君收下了我们的礼物，到时候一定不会出兵救援虢国。灭掉了虢国后，在我们军队撤回来的路上，再顺便消灭毫无准备的虞国，这样我们不就达到目的了吗？"

晋献公大笑起来说："哈哈哈，是啊，是啊，就照你说的办。"

第二天晋献公就派人带着宝马和玉璧去赠送给虞国国君，虞国国君收到这份大礼后，笑得合不拢嘴，心里一个劲儿地念晋献公的好。

过了些天,晋献公又派使者来到虞国,晋国使者对虞国国君说:"虢国经常派兵在我国边境骚扰,如今我们国君想派兵去惩罚虢国,所以我们国君派我来请求您借道给我们,让我国可以去惩罚作恶多端的虢国。"

虞国国君满口答应说:"嗯,好,没问题。"

虞国大臣宫之奇知道了国君要借道给晋国后,心里很忧虑,他进宫对国君说:"我们不能借道给晋国啊,晋国会乘机攻打我们虞国的。"

虞国国君说:"你太多心了,晋献公和我是同一个祖宗,他怎么会攻打我呢?"

宫之奇继续进谏说:"论亲戚关系,虢国和晋国可要比我们和晋国亲近得多了,现在晋国不是一样出兵攻打它吗?况且我国和虢国的关系就像嘴唇和牙齿的关系,如果虢国被晋国灭亡了,我们还能安全吗?"

虞国国君不耐烦地说:"你不用再浪费唇舌了,我已经许诺晋国,难道我堂堂一个国君能失信给人家吗?虢国是因为不知好歹得罪了晋国,晋国才攻打它的,我又没得罪晋国,而且晋献公对我这么好,虞国哪会有什么危险呢?你还是退下吧。"

宫之奇只能无奈地退了出来,他回到家后说:"虞国就要大祸临头了,不能留在这儿陪葬。"他立刻吩咐家人亲戚带好东西,逃离了虞国。

公元前655年的冬天,晋国从虞国借道消灭了虢国,在晋国军队退兵回国路过虞国的时候,又对虞国发动了突然攻击,灭掉了虞国,俘虏了虞国国君。

晋国、虞国和虢国的关系

开创晋国的始祖是周文王孙子、周成王的弟弟——唐叔虞;开创虞国的始祖是周文王父亲王季的哥哥仲雍的重孙子、周章的弟弟——虞仲;开创虢国的始祖是周文王的弟弟虢叔。所以说,晋国、虞国和虢国这三个国家的国君都是同一个祖宗——周文王的祖父周太王,他们都姓姬。晋献公攻打这两个亲戚,也算是同室操戈了。

齐桓公称霸

就在晋献公东征西讨的时候,东方的齐国发生了内乱。

首先是齐襄公淫乱无道,被自己的堂弟公孙无知杀掉,然后公孙无知自立为齐国国君,但是一年后,公孙无知就被齐国人给杀了,齐国国君的位子就暂时空了下来。

齐襄公还在做国君的时候,他的两个弟弟公子纠和小白就已经感觉到了齐国将要大乱。所以公子纠就逃去鲁国避难了,跟随他逃亡的谋士是管仲和召忽;小白则逃到了莒(jǔ)国避难,跟随他逃亡的谋士是鲍叔牙。

公孙无知死了以后,齐国的大臣高傒说:"应该把小白接回来当国君。"因为小白在少年时就和高傒的关系特别好,所以高傒才这么支持小白当国君,并立刻派人去莒国迎接小白。

与此同时,鲁国派军队送公子纠回齐国当国君,并且又派了一支军队,由管仲率领着去莒国通往齐国的路上伏击小白。管仲用弓箭射小白,射中了小白腰带上的铜扣,小白就假装死去。管仲以为小白死了,就赶快派人把小白已死的消息传到鲁国。鲁国人以为小白死了,认为没人再和公子纠争夺齐国国君的位子了,就放慢了护送公子纠回齐国的行程,等他们六天后进入齐国国境时,才知道小白已经登上国君的位子了。

小白成为齐国国君,史称齐桓公。

齐桓公派军队抵御鲁国护送公子纠的军队,打败了鲁国军队,并截断了鲁国军队的归路。齐桓公派人给鲁国送去书信说:"公子纠是我的兄弟,我不忍心亲手杀他,你们替我杀了他吧。管仲和召忽是我的仇人,请把他们两个送回

齐国,我要将他们碎尸万段。不然的话,我就派兵攻打你们鲁国。"鲁国人接到

书信后,非常害怕,就杀掉了公子纠。看见公子纠死了,召忽就自杀,为公子纠

殉节了。

　　鲁庄公想把管仲送回齐国,鲁国大臣施伯不同意鲁庄公这么做,他说:"齐

桓公想要回管仲,不是为了杀了他报仇,而是想任用他当官。管仲的才干,天

下间没有几个人比得上,如果让管仲帮助齐桓公治理国家,

那齐国很快就会富强起来,那就会威胁到我们鲁国了。

我看不如杀了管仲,把他的尸体送回去。"

　　鲁庄公说:"齐国的军队现在就

在边境呢,如果我们不按照齐国的

要求做,我国立刻就会遭到齐国的进攻,还是照齐国人说的做吧。"于是他下令把管仲送回齐国。

鲍叔牙帮着齐桓公即位后,齐桓公要封鲍叔牙做宰相,鲍叔牙却觉得管仲比自己更合适做宰相。当鲁国人送回管仲后,齐桓公就让管仲做了宰相。

原来,鲍叔牙和管仲在少年时就是生死之交,两人曾一起做过小生意,赚了钱后,管仲总是自己多分点儿,鲍叔牙从来不说什么。

管仲后来说:"我年轻的时候很贫穷,和鲍叔牙一起做了点儿小生意,每次赚了钱我都拿大份的,鲍叔牙从来不说我贪心,知道我是因为贫穷。我曾经打过三次仗,三次都做了逃兵,鲍叔牙不说我胆子小,他知道是因为我有母亲要养活。公子纠死的时候,我成了囚犯,鲍叔牙也没有看不起我,他知道我是暂时忍辱,可以在将来名扬天下。生下我的是父母,最了解我的却是鲍叔牙啊。"

齐桓公当了国君后,在管仲的帮助下选拔任用有才能的人当官,给百姓减轻赋税,救济贫穷的百姓,所以齐国百姓都非常拥护齐桓公。

后来,齐桓公出兵讨伐鲁国、蔡国、楚国等国,又出兵救援燕国和卫国,多次会盟天下的诸侯,他带头表示向周朝天子效忠。公元前651年夏天,齐桓公又一次在葵丘(今河南省民权县附近)召集天下诸侯会盟,周天子派人带着厚礼来奖赏齐桓公,齐桓公成了天下诸侯的盟主,春秋时代的第一位霸主诞生了。

会
盟

会盟是一种古代诸侯间会面和结盟的仪式。春秋时代,一些较小的诸侯国为了抵御大国侵略,联合作战,一些较大的国家利用自己的实力和影响,胁迫其他小国加入自己的阵线,就会一同约定时间和地点举行会盟。会盟,虽然是强国在炫耀自己的武力,但也被看作是一种解决和调节诸侯间矛盾的方式,可以在一定程度上减少战争。

宋襄公争霸

公元前643年,齐桓公去世了,他的儿子们为了争夺国君的位子,互相残杀起来,所以齐国发生了内乱。齐国的太子公子昭逃到了宋国。

第二年,宋国的国君宋襄公号召天下的诸侯一起出兵,把公子昭送回齐国当国君,但是由于宋国是个一个小国,没有几个诸侯看得起宋襄公。最后,和宋襄公一起出兵护送公子昭回齐国的只有曹国、卫国和邾(zhū)国等几个比宋国还小的国家。公子昭回到齐国,当上了国君,史称齐孝公。

自从帮助齐孝公成为国君后,宋襄公就开始觉得自己很了不起,他觉得自己已经代替齐桓公,成为了天下诸侯的霸主。所以,他不断地邀请诸侯们一起会盟,想借机宣布自己是天下诸侯的霸主,可是只有几个小国家响应他,其他的一些大国根本就不理他,大国的诸侯们都认为宋襄公是个小丑。

公元前639年的秋天,经过宋襄公不断的努力邀请,除了齐国和鲁国的国君外,其他的诸侯都来跟他会盟了。

在会盟之前,宋国大臣公子目夷对宋襄公说:"我们是一个小国,现在跟那么多大国争抢盟主这个位子,恐怕会给我国招来大祸啊。"

宋襄公固执地说:"现在我们的国力这么强大,齐桓公做的事情,我也能做到,盟主的位子难道不应该让我坐吗?"他一点儿也不理会公子目夷的警告。

到了会盟诸侯的那天,宋襄公和楚国国君楚成王一起争夺盟主的宝座,谁也不让谁,楚成王一怒之下,就命人把宋襄公抓了起来,然后把宋襄公捆绑起来放在车上。楚成王接着就指挥军队杀向了宋国,楚成王见宋国的城市都防守得很严,就率领军队,劫持了宋襄公回了楚国。

过了几个月后,在齐孝公不断派人来替宋襄公求情后,楚成王才把宋襄公放回了宋国。

宋襄公回到宋国后,就积极地为战争作准备,他想向楚国报仇,他觉得只有打败了楚国,他才能坐上霸主的位子。宋国的大臣子鱼看到宋襄公还是想着争夺霸主,就叹息说:"宋国的大祸,还没有真正到来呢。"

第二年,宋襄公决定出兵攻打郑国,因为郑国和楚国的关系很好,所以宋襄公想来一招杀鸡儆(jǐng)猴,对付楚国。大臣们劝宋襄公不要这样做,宋襄公根本不听。子鱼这时又感叹说:"宋国的大祸就要到来了。"

宋国的军队进入郑国后,郑国立刻向楚国求救。楚成王怒冲冲地说:"宋襄公可真是不知道天高地厚,这次我一定要好好教训一下他。"

楚成王立刻率领军队,直接向宋国杀去。宋襄公听说楚国的军队正在杀

向宋国,慌忙从郑国撤军,率领军队赶回宋国。

几天后,楚国和宋国的军队,各自在泓(hóng)水河(古代的一条河流,旧河道在今河南省柘城县西北)两岸扎下了营寨。

这时,子鱼对宋襄公说:"楚国就是想救援郑国,现在我们已经从郑国撤军了,不如就和楚国讲和吧。我们军队的实力没有楚国强大,不能和他们拼命的。"

宋襄公高傲地说:"打仗靠的是仁义,和兵力多少没啥关系。楚成王是个说话不算数的人,他的军队不仁不义。我率领我的仁义大军,去攻打楚国不仁不义的军队,一定会取得胜利的!"

第二天早晨,楚国军队开始渡河。公子目夷对宋襄公说:"我军的人数太少,趁着楚国军队刚到了河中央,我们赶紧进攻吧。"宋襄公摇头说:"不行,我们是仁义的军队,不能趁人家正渡河的时候,攻击人家。"

楚国军队渡过河后,还没有建立军营时,公子目夷又对宋襄公说:"趁敌人刚到了岸边,还乱糟糟的,我们进攻吧。"宋襄公还是摇头说:"不可以,我都说了,我们的军队是仁义的,不能占人家的便宜。等他们摆好阵形,我们再攻打,这样才堂堂正正啊。"

楚国军队摆列好阵形后,宋襄公终于率领军队进攻了,可是没打多久,宋襄公的军队就大败了,宋襄公自己也受了重伤,逃回了宋国都城。过了没多久,宋襄公就去世了。宋国从此变得更加弱小。

宋国　宋国的开创始祖是殷纣王的哥哥微子启,宋国的国土面积不太大,宋国的历史上也很少有才德兼备的国君或是大臣,对当时别的国家,几乎施加不了多少影响,根本就不能和齐国、晋国、楚国、秦国这些国家相提并论。宋襄公是一个喜欢虚名的人,他不顾及自己国家土地面积小、人民少的现实,就去和拥有几千里土地和几十万军队的楚国争夺霸权,结果只能是失败。

秦穆公伐晋

齐桓公在葵丘会盟天下诸侯的这一年，晋献公去世了。

晋国在经过了一段时间的内乱后，公元前650年，逃亡在国外的晋献公的儿子公子夷吾，在秦国军队的保护下回到晋国，当上了国君，史称晋惠公。

秦国送晋惠公回晋国之前，晋惠公曾对秦穆(mù)公许诺说："如果秦国能帮助我返回晋国成为国君，我就把河西的土地送给秦国。"

晋惠公回国成为国君后，派人对秦穆公说："之前答应送给您的河西那片土地，恐怕不能再送给您了，因为大臣们都说我在成为国君之前许下的承诺是不能算数的，真是对不起了。"

晋惠公成为国君后，不仅背叛了对秦国的承诺，而且对自己的大臣也不讲信用，并且杀掉了很多功臣，所以晋国人对晋惠公越来越不满。

四年后，晋国发生了大饥荒，晋惠公派使者去秦国借粮食。秦穆公问大臣百里奚："可以借粮食给晋国吗？"

百里奚说："别的国家有天灾横祸，我们伸出援手去救助他们，这是正义的事情，我们应该把粮食借给晋国。"

大臣邳郑子豹说："不如乘机讨伐晋国。"

秦穆公说："还是把粮食借给晋国吧，虽然晋国国君有罪，但是晋国的百姓是无辜的啊。"

秦穆公立刻派出庞大的船队，把粮食运送到晋国。

到了第二年，秦国也发生了大饥荒，秦穆公派使者到晋国借粮食。

晋惠公和大臣们商量这件事，打算乘机出兵攻打秦国。

大臣庆郑指责晋惠公说："因为有秦国的帮助，您才能成为国君，而您后来却背叛了对秦国的承诺。后来我们发生饥荒，秦国又把粮食借给我们，如今秦国也发生了饥荒，来向我们借粮食，那我们就把粮食借给他们啊，就当是还给他们一个人情了，怎么能想着出兵攻打人家呢？"

大臣虢射却说："去年，上天给了秦国出兵攻打我们的机会，秦国人不知道珍惜这个机会，却还把粮食借给我们。现在，上天又把出兵攻打秦国的机会，给了我们，我们难道能不理会上天的好意吗？我们应该抓住这个机会去讨伐秦国。"晋惠公听从了这个建议，决定出兵攻打秦国。

秦穆公听说晋国不仅不借粮食，还要来讨伐秦国，非常愤怒。立刻集合军队，亲自带兵去讨伐晋国。两国军队在韩原（今陕西省河津市东）进行了大战，结果秦军活捉了晋惠公。秦穆公率领军队回到秦国，打算将晋惠公杀了祭祀（jì sì）苍天。

晋惠公的姐姐是秦穆公的夫人，她向秦穆公苦苦哀求，求秦穆公不要杀了晋惠公，秦穆公才没有杀掉晋惠公。过了些天，晋国的大臣来到秦国求和，答应把河西那片土地割让给秦国，求秦国放回晋惠公。秦穆公答应了晋国的请求，和晋国盟誓后，放回了晋惠公。

不久，晋国又发生了饥荒，秦国又一次慷慨地把粮食借给了晋国。

秦穆公 秦穆公是春秋时代秦国最伟大的君主，他才德兼备，能发现人才、重用人才。在他的手下，聚集了一大群文臣武将，在秦穆公和他的大臣同心同德的努力下，秦国成为当时和晋国一样强大的国家。秦穆公一共做了三十九年国君，为秦国开拓了一千多里土地，使秦国的国力有了飞速的进步和发展，他也是一位很有霸主风范的诸侯。

重耳流亡十九年

重耳和晋惠公一样，都是晋献公的儿子。晋献公听信了小妾骊(lí)姬的谗言，要杀掉重耳，重耳只好逃离了晋国，来到了他外祖父的国家——狄(dí)国避难。

重耳十七岁的时候，手下就有五位贤臣，他们是：赵衰、咎(jiù)犯、贾佗(tuó)、先轸(zhěn)、魏武子。这里面的咎犯是重耳的舅舅。

重耳逃出晋国的时候，这五位贤臣和数十名手下都跟随着重耳。

重耳在狄国生活了五年后，晋献公就死了。晋国的大臣派人通知重耳，让他回晋国当国君，重耳害怕回去后被有势力的大臣杀死，就没有回去。后来晋国的大臣就让公子夷吾当了国君，就是晋惠公。晋惠公当上了国君后，非常害怕重耳回来跟他抢夺王位，所以就派人去狄国杀重耳。

重耳听说晋惠公要派人来杀自己后，就对赵衰说："从前我逃来狄国，就是因为狄国和晋国距

离很近，可以让我们随时了解国内的情况，现在这里也不安全了，我们还是离开吧。我听说齐国的管仲已经死了，齐桓公很希望得到有才能的人帮助他，我看我们就去齐国吧。"赵衰点了点头同意了。

将要离开狄国时，重耳对他的妻子说："请你等我二十五年，如果那时我还不回来，你就改嫁吧。"

他的妻子笑着说："等到过了二十五年后，恐怕我坟墓旁边的树木都已经长得很大了。呵呵，无论过了多长时间，我都会一直等你回来的。"

重耳离开狄国去齐国的路上，经过卫国时，卫国人对他很不礼貌，不接待他。后来在经过一个叫五鹿的地方时，重耳和他的手下们都没有吃的了，重耳非常饥饿。只好向当地人乞讨食物，当地人就给了他一个土块，重耳很愤怒。赵衰劝解他说："给你土块，就代表你将来会拥有国家的土地，成为国君，你就好好地收下它吧。"重耳听从了赵衰的话。

重耳到了齐国后，齐桓公对他非常的好，把自己亲戚的女儿嫁给了重耳，还送给重耳很多车马。第二年，齐桓公去世了，齐国就发生了内乱，诸侯经常来攻打齐国。这样又过了三年，重耳觉得在齐国生活得很舒服，他不想再去别的地方了。赵衰等人却是很着急，有一天赵衰和咎犯在一棵桑树边商量如何离开齐国，他们的谈话被桑树上一个正在采桑叶的婢女给听到了。婢女就把她听到的事情告诉了重耳在齐国娶的新妻子，重耳的妻子为了保密，就杀掉了这个婢女，然后劝重耳赶紧离开齐国。重耳说："在这里生活得多好啊，我从来没这么开心过，我打算就在这里住一辈子了，哪里也不去了。"他的妻子说："你堂堂一个大国的公子，因为逃难才来到了这里，跟随你的那些手下都在为你卖命。你不想着赶快回到自己的国家，有一番作为，来报答为你卖命的人，却在这里留恋美色，我真是为你感到羞耻。你现在还不赶快去奋斗，还要等到什么时候呢？"但是重耳始终都听不进去这些话，就是不想离开齐国。

　　重耳的妻子见劝说不动重耳，就在当天晚上，用酒把重耳灌醉了，然后咎犯和赵衰把重耳装上车，驾车离开了齐国。车子走了很远之后，重耳睡醒了，酒也醒了，他看见车子正远离齐国时，非常生气，拿起一只戈（古代的一种兵器）跳下车就追杀咎犯。

　　咎犯说："要是你杀了我，能当上国君的话，那就请动手吧。"

　　重耳说："如果我不能成功，当不成国君，我就吃了你的肉。"

　　咎犯说："如果不能帮助你成为国君，我的肉也是腥的，不值得吃！"

　　重耳这时终于消了气，扔下了戈，上了车继续前进。

　　重耳路过曹国，国君曹共公对他不太尊敬，偷看重耳洗澡。曹国大臣僖（xī）负羁（jī）对曹共公说："重耳是晋国的公子，非常有德行，而且跟您还是同一个祖宗，为什么不好好接待他呢？"曹共公不听他的说话。僖负羁就自己给重耳送去了一盘子美食，在盘子下还藏着一块玉璧，重耳收下了食物，把玉璧还给了僖负羁。

　　离开曹国后，重耳来到了宋国，国君宋襄

公对他非常好。宋国的大臣公孙固和咎犯成为了朋友,他对咎犯说:"我们宋国是个小国,恐怕帮助不了你们的公子,你们还是去个大国吧。"咎犯很同意他的意见。

重耳离开宋国,路过郑国的时候,国君郑文公对重耳很不礼貌。郑国大臣叔瞻(zhān)对郑文公说:"重耳是个有德行的人,跟随他的人都很有才能,我们好好地接待他吧。"郑文公说:"天下诸侯国逃亡的公子多的是,难道他们来到郑国的时候,我们都要款待啊,谁有那么多闲钱!"叔瞻又说:"您如果不想好好接待他,就杀了他吧,不然他会回来报仇的。"郑文公根本听不进去。

离开郑国,重耳来到了楚国,国君楚成王接待他就像接待来访的国君一样,礼节非常隆重。楚成王问重耳:"将来你怎么报答我啊?"

重耳说:"如果有一天,我们两国的军队将要交战的时候,我就命令我的军队先退让九十里。"

楚成王听了后,哈哈大笑起来。楚成王送了很多礼品给重耳,让他去秦国。

重耳到了秦国后,秦穆公将自己的女儿和四位亲戚家的女儿都嫁给了重耳,然后派军队护送重耳回晋国当国君。

公元前636年,重耳回到晋国,成为国君,史称晋文公。他在外整整流亡了十九年,他当上国君不久后,就成为了当时的霸主。

霸主 霸主是春秋时代最有实力和威望最高的诸侯,通常霸主都是在举行会盟的时候,由诸侯们推举产生,同时周天子也会赏赐霸主代表权力的礼品,最终确立霸主的地位。霸主有权代表周天子讨伐诸侯,诸侯间有了纷争,也要找霸主来调节。霸主首先是要用强大的军事实力来作支撑的,然后才打起正义的旗号来行动。

介子推义不食禄

晋文公重耳回到晋国成为国君后，很多国家大事都在等着他处理，每天他都非常忙碌，所以他在封赏跟随他流亡的功臣时，有的人就没来得及立刻封赏，在没有被晋文公及时封赏的人当中，就有介子推。

当年重耳流亡，离开卫国，路过那个叫五鹿的地方时，饿得都快昏了过去。介子推一个人偷偷地走到一旁，用刀子在自己的大腿上割下了一块肉，然后又摘了些野菜，煮了一碗肉汤，拿给重耳喝。

重耳问介子推："你哪里找来的食物？"

介子推只是说："还是先把汤喝了吧。"

在重耳身边的赵衰说："是他割下了自己腿上的肉。"

重耳听了后，眼睛一下子就湿润了，他对介子推说："将来有一天，我能回到晋国成为国君，一定会加倍报答你今日的恩情。"

等到重耳回到晋国，成为晋文公后，立刻封赏了赵衰和咎犯等人，没来得及封赏介子推。介子推也不向晋文公说自己的功劳，也不向晋文公要官做。

赵衰和咎犯等人接受了晋文公的封赏后，介子推十分看不起他们，他说："晋献公除了文公以外，其他的儿子都被上天和百姓们抛弃了。文公能回到晋国成为国君，完全是上天的选择，你们这人却把这当成是自己的功劳，真替你们感觉到羞耻。偷了别人的东西，还会被当作盗贼，更何况这功劳本来就不是他们的，还好意思接受封赏？我真是难以再和你们这些人一起相处了。"

然后，介子推就带着母亲，去绵山（今山西省介休市附近）隐居了。

介子推的朋友替他感到不平，就在木板上写了首诗，挂在了晋文公的宫门前。这首诗说："有一条金龙想要飞上天空,有五条蛇来帮助它完成这个心愿。当金龙飞上高空的时候,有四条蛇也跟着它一起腾云驾雾。但是另外的一条蛇却被它们抛弃了,这条蛇不知道自己可以去哪里。"

晋文公走出宫殿的时候,看见了这首诗,他一下子就明白这首诗歌讲的是介子推。晋文公对身边的人说："这首诗说的是介子推啊,我最近整天忙着帮助周天子安定天下,还没来得及封赏介子推呢。你们快去帮我把他请来,我要好好报答他从前对我的恩德。"

晋文公派出去请介子推的人回来向晋文公报告说："介子推已经搬家了,没有人知道他搬去了哪里。"

晋文公吩咐："继续多派人帮我找，一定要找到他，我不能亏欠他。"

过了一段时间，寻找介子推的人回来向晋文公报告说："找到了，介子推就隐居在绵山呢。"

晋文公立刻下令准备好车马和礼物，他要亲自去绵山迎接介子推回来。

但是绵山是一座非常大的山，方圆有几十里呢，晋文公到了绵山后，找了很多天都没找到介子推。晋文公心里很着急，就下令放火烧山，想用这个办法把介子推逼出来。大火烧了三天三夜，晋文公始终没有看见介子推从山里走出来。大火熄灭后，晋文公又派人到山里去寻找。后来，人们在一棵柳树下发现了被烧死的介子推，他是紧紧地抱着大树烧死的。

晋文公听说介子推被烧死了后，心里万分悲伤难过。他说："都是我的错啊，我现在把绵山这里都封给介子推，把绵山改称介山，用来纪念我的过错和表扬有功德的好人。"

晋文公又把介子推临死前抱着的那棵没有被烧光的柳树，带回了宫里，用它做成了一双木鞋，每天看见木鞋的时候，晋文公都会怀念起介子推。

传说，介子推被烧死的那天是农历三月初五，晋文公回到宫里后，就下令今后在每年的三月初五这一天，全国都不生火，整天都吃凉的食物。许多年后，三月初五这一天就成了"寒食节"。

士 的 精 神

在春秋战国时代，像介子推这种身份的人，叫做士，士是等级最低的贵族，一般都比较贫寒。他们这一类人，很有骨气，也很讲义气，他们可以为知己献出自己的生命，却丝毫不奢望获得回报。他们这类人中的某一个，如果很有才能的话，那他的形象基本就是：腰悬长剑，口若悬河，目光犀利。总之是能文能武。

晋楚城濮之战

公元前633年，楚成王派军队攻打宋国，宋国无力抵抗楚国强大的军队，急忙派人去晋国，请求晋文公派军队救援宋国。

晋文公对大臣们说："当年我流亡的时候，宋国和楚国都曾帮助过我，都对我有恩。现在楚国攻打宋国，我们派兵救援宋国的话，就对不起楚国，但是不派兵救援宋国的话，又对不起宋国。我们该怎么办呢？"

先轸说："现在，宋国弱小，楚国强大，是楚国在欺负宋国，我们应该帮助宋国抵抗楚国，这是正义的事情。而且这次我们派军队救援宋国，不仅仅可以报答宋国对您的恩情，还可以借着这次出兵，使我们晋国称霸天下，这也是符合我们国家利益的事情。晋文公点了点头。

接着，咎犯说："曹国刚刚和楚国结盟，卫国又和楚国有了联姻关系，所以这两个国家，现在都受到楚国的保护，而且这两个国家的国君都曾冒犯过您，我们可以打着曹国国君和卫国国君对您不礼貌的借口，派军队去攻打这两个国家。楚国知道我们进攻曹国和卫国后，一定会从宋国撤出军队来救援，这样的话，我们既教训了曾经冒犯您的曹国和卫国，同时又报答了对我们有恩的宋国。"

晋文公笑着对咎犯说："嗯，好，就照您说的做！"

公元前632年的春季，晋文公派军队攻进了曹国和卫国，俘虏了曹国国君。

这时，先轸向晋文公建议说："不如我们假装说把曹国和卫国的土地，都送给宋国，楚国一定会很着急，就会立刻从宋国撤兵了。"晋文公同意了先轸的这个建议。楚成王听说晋国要把曹国和卫国的土地都送给宋国后，果然立即就从宋国撤走军队，回楚国了。

楚成王从宋国撤兵时，楚国大将子玉很气愤地对楚成王说："大王您当初对晋文公就像是兄弟一样，现在晋文公却派军队攻打我们的盟国。这是明着欺负我们楚国啊，请大王允许我率领我们英勇的军队去惩罚晋国！"

楚成王感叹着说："你真是太能说大话了。晋文公在外面流亡了十九年，经历了世间上一切艰难险阻，才回到晋国成为国君，晋国的百姓们都很敬仰他，可以说现在连上天都帮助他，我们怎么能和这样的人为敌呢？"但是子玉执意要去。楚成王见子玉这么固执，心里很生气，就给了他少部分军队，让他继续留在宋国。子玉见楚成王答应了自己的请求，心里很得意，决定要好好地教训一下晋国。他派一个叫宛春的使者去晋国，对晋文公说："您如果能从曹国和卫国撤走全部军队，我就从宋国撤走军队。"

先轸对晋文公说："这明显是子玉给我们设下的一个陷阱，如果我们答应他的话，我们从曹国和卫国撤军，他从宋国撤军，曹、卫、宋三个国家就都会感激楚国；如果我们不答应他的话，我们继续占领曹国和卫国，他也会继续在宋国停留，这样一来，曹、卫、宋三个国家就都会怨恨我们晋国了。"

晋文公大怒说："子玉太可恶了，竟然想出了这么毒辣的计策！"

先轸笑着对晋文公说："您不必生气，我有办法对付他，我们可以私下里答应从曹国和卫国撤军，让曹国和卫国背叛楚国，和我们站在一起。然后把宛春扣押起来，故意激怒子玉，让他来攻打我们。我听说楚成王对子玉不是很支持,所以我们一定可以打败子玉的军队,达到称霸天下的目的。"

晋文公转怒为喜说:"好计,就这么办!"

当子玉听说晋国不仅拒绝了他的要求,还扣押了他派去的使者后,非常愤怒,他立刻率领军队向晋国扑来。

当初,在晋国进攻曹国和卫国的时候,晋国就已经和齐国结盟,秦国当然也是晋国的盟友。所以这时,秦国和齐国都派出军队来帮助晋国。双方在军队人数上,楚国要比晋国多出很多。终于,晋国率领的晋、宋、齐、秦四国联军和子玉率领的楚军在一个叫城濮(pú)(今山东省鄄城西南)的地方相遇了。晋文公听从咎犯的建议下令军队后退九十里,晋国的将军们都很奇怪地问晋文公:"您为什么下令军队后退啊?"

晋文公说:"当初我流亡到楚国的时候,曾经答应过楚成王,如果晋国和楚国的军队不幸交战的话,我会主动下令晋军后撤九十里,用来报答楚成王的大恩。现在就是报答楚成王的时候了,我怎么能说话不算数呢?"

子玉见晋国军队主动撤退,非常欣喜,以为晋军害怕他了,所以就立即拼命追赶后撤的晋军,他以为自己就要为楚国立大功了,却没想到,追着追着就进入了晋国军队的埋伏圈,被晋国军队打得大败。子玉狼狈逃回楚国后,楚成王责怪他当初不听自己的话,子玉最终羞愧地自杀了。

晋文公评功

打败楚国后,晋国军队凯旋归国,晋文公按功劳封赏大臣。晋文公评定咎犯功劳第一,先轸功劳第二。有个大臣觉得不太公平,就对晋文公说:"城濮这一仗,是用先轸的计谋打败楚国的,先轸应该是功劳第一才对啊。"晋文公说:"城濮大战的时候,咎犯劝说我要以信义为先,先轸只是为我献上了军事行动的计策。咎犯建立的是万世的功劳,先轸建立的是一时的功劳,怎么能把一时的功劳放在万世的功劳上面呢?所以我才评定咎犯功劳第一。"

秦穆公伐郑

公元前 628 年的冬天，晋文公因病去世了，他的儿子晋欢继承了王位，史称晋襄公。

这时，郑国有个叛徒派人跑到秦国对秦穆公说："郑国都城的城门归我看管，你们派兵去偷袭郑国吧，到时候，我帮你们打开城门。"

秦穆公听了后，心里很高兴，就想派军队去偷袭郑国。

秦国的大臣百里奚和蹇叔反对秦穆公这么做，他们说："路过好几个国家，行军将近一千里去攻打别的国家，这么做肯定不会有什么好结果的。况且人家把郑国的情况告诉了我们，也同样可以把我们的情况告诉给郑国啊，所以攻打郑国是有危险的，我们还是不要出兵了。"

秦穆公根本听不进去他们二人的话，他坚决地说："你们不要再说什么了，我已经决定攻打郑国了。"秦穆公接着就任命百里奚（xī）的儿子孟明视和蹇（jiǎn）叔的儿子西乞术与白乙丙三人当将军，带领军队去偷袭郑国。

大军出发的那天，百里奚和蹇叔哭着来给儿子送行。秦穆公非常愤怒地问他们两个："我派军队出去打仗，你们却在这大哭，想干什么啊？"

百里奚和蹇叔说："您派军队出去打仗，我们的儿子是带兵的将军。我们已经很老，恐怕等不到他们再回来的那天了。"

当秦国军队走到了晋国的属国滑国时，遇上了郑国的商人弦高，当时弦高正赶着十二头牛去东周贩卖，他打听到了秦国人是去偷袭郑国，就赶着牛来到了秦军的军营，骗秦国人说："听说秦国将要去攻打郑国，郑国的国君正在积极准备着防守的事情呢，我带来的这些牛就当是犒劳你们吧。"

　　秦军的三位将领一听郑国已经作好了防守的准备，就取消了攻打郑国的念头，但是他们又不甘心白跑一趟就回国，所以就偷袭了滑国。

　　正在为晋文公服丧的晋襄公听说秦国灭掉了滑国，非常愤怒。召集大臣来商量这件事情。

　　先轸说："我们要对秦国还以颜色，应该出兵攻打秦军。"

栾枝反对说："秦穆公对我们有恩，不该去攻打他们。"

晋襄公愤怒地说："秦国人趁着我父亲刚去世，就来侵略我们的土地，实在是欺人太甚了，还向他们报什么恩呢？现在立即出兵攻打秦军，为我们的同胞报仇！"

秦军灭掉了滑国后，得意扬扬地返回秦国，当他们走到崤(xiáo)山（今河南洛宁县北）山谷的时候，遭到了晋国军队的伏击，经过了一天的恶战，秦军被晋国军队全部消灭，秦军的三个将军也被晋国军队活捉。

过了几天，秦穆公的夫人，也就是晋襄公的姑姑，派人来晋国为被晋国俘虏的三个秦国将军求情，她说："穆公非常生这三个人的气，想把这三个人亲手杀掉，请你把这三个人交给秦国处置吧。"晋襄公听从了他姑姑的请求，把秦国的三个将军放回了秦国。

秦穆公不是真的想杀掉这三个打了败仗的将军，他是怕他们三个被晋国杀掉，所以才叫自己的夫人那么对晋襄公说。

孟明视、西乞术和白乙丙三个人回到秦国时，秦穆公穿着一身白色的衣服，亲自到城门前迎接他们，哭着说："我真后悔当初没有听从百里奚和蹇叔的话，才使你们受到了这么大的侮辱，打了败仗并不是你们的过错。你们今后要好好努力奋斗，将来去找晋国人洗刷今天受到的耻辱。"秦穆公不仅没有处罚他们三个，还让他们官复原职，对他们三个比以前还要好。

附 属 国

那些名义上拥有主权，实际上在外交、经济和军事等方面由临近的强国说了算，受强国控制和保护的国家，就是强国的附属国。滑国是晋国的附属国，所以说秦国军队攻打滑国，无疑就是直接和晋国开战。

楚庄王一鸣惊人

晋文公去世后,他的儿子晋襄公继承了国君的位子,也把国家治理得很强大,晋国依然是天下的霸主。但是,晋襄公去世后,晋国就渐渐失去了霸主的地位。而另一个霸主将要出现了。

公元前613年,楚庄王成为楚国的新国君。

楚庄王当上国君后,就整天地喝酒打猎,从来不管理国家,他下一道命令说:"谁敢前来进谏(jiàn),就杀了谁!"就这样过了三年。在这三年中,楚国的附属国都背叛了楚国,国内的人民也有很多反叛的,楚国已经到了快要亡国的地步了。

有一天,大臣伍举进宫对楚庄王说:"臣最近听到一个谜语,但是怎么也猜不出来,大王您能帮着猜一下吗?"

当时,楚庄王正抱着两个美女喝酒,他醉醺醺(xūn)地说:"好,你说吧,让我来猜猜看。"

伍举说:"有一只鸟停在那,三年也不飞,三年也不叫,请问这是什么鸟啊?"

楚庄王知道伍举是将那只鸟比作自己,所以他说:"三年也不飞,是因为它想一飞冲天,三年也不鸣叫,是因为它想一鸣惊人。

你退下吧,我知道你心里的意思了。"

可是,过了几个月,楚庄王比原来玩得还荒唐,一点儿也不知道悔改。

大臣苏从实在看不下去了,他冒死进了王宫,向楚庄王进谏。

楚庄王问他:"你难道不怕死吗?"

苏从说:"如果臣死了以后,大王能振作起来,治理好国家,那臣还怕什么呢?"

楚庄王说:"你这不是很傻吗?"

苏从说:"如果大王杀了我,我死后,人们都会说我是忠臣。如果大王继续这样玩乐下去,楚国就会灭亡,人们都会说你是亡国的大王。这么一比,您不是比我还傻吗?"

楚庄王想了一会儿,对苏从说:"你说的都是忠言啊,我听你的,以后一定会用心治理国家。"

第二天,楚庄王就亲自处理国家大事,开始治理国家,他一下子就杀掉了好几百个奸臣,同时又任用了好几百个有才能的贤臣。楚国人民看到楚庄王振作起来了,都非常高兴。当年楚庄王就派兵灭掉了庸国。三年后,又出兵打败了宋国。

后来,楚庄王又出兵攻打陈国和郑国。

公元前597年,楚庄王率领军队打败了当时天下最强大的晋国军队。

公元前594年的冬季,楚庄王邀请鲁国、秦国、郑国、齐国等十三个国家的国君一同会盟,十三个国家的国君共同推举楚庄王做霸主,楚庄王成了当时天下的新一代霸主。

楚王

春秋时代,礼仪规定只有周天子可以称为王,天下的诸侯都要称为公。但是只有楚国国君是一个例外,楚国国君和周天子一样,也是称王。当时其他诸侯都是周天子分封的,东周初年,楚国国君请求周天子封楚国为诸侯,周天子不答应,楚国国君就自立为王,公开向周天子示威。但是因为楚国强大,所以周天子和诸侯们都奈何不了楚王。

楚庄王葬马

楚庄王很喜欢养马，有一匹马他非常喜欢，几乎都舍不得骑它，因为他怕把自己的爱马累着。

楚庄王专门给这匹马定做了锦衣穿，让马住在非常豪华的屋子里，用大红枣来喂养它。可是不久，这匹马因为太肥胖，得病死掉了。楚庄王非常伤心，他下命令说，要用安葬大臣的礼节来安葬这匹马。大臣们纷纷反对楚庄王这么做，但是谁也劝说不了楚庄王。

伤心的楚庄王说："谁敢再来反对我用大臣的礼节安葬我的宝马，我就杀了他！"

大臣们都不敢再说什么了，但是心里却都反对楚庄王这么做，大臣们觉得让马享受大臣的葬礼，是在侮辱大臣们，他们在心里都愤愤不平地说："畜生怎么能和人享受同样的待遇呢！"

楚庄王的王宫里有一个专门表演娱乐节目的人，他叫优孟，这个人的口才非常好。他听说这件事后，就来见楚庄王。优孟刚一进门，就开始大哭起来，楚庄王非常吃惊，就问他："你哭什么啊？"

优孟哗哗地流着眼泪，说："那匹宝马是大王您的最爱，我们楚国这

么地大物博，这么繁荣富有，怎么才用大臣的礼节来安葬宝马呢？这礼节实在是太寒酸了，我请求您下命令，准许我们用安葬国君的礼节来安葬宝马！"

楚庄王问："那具体来说该怎么做呢？"

优孟擦了一下眼泪说："我们应该给宝马建造两个棺材，小棺材我们要用名贵的美玉来做，大棺材我们要用名贵的木材来做。派士兵们去挖掘个大大的坟墓，让百姓们都去帮着抬土。再派人通知赵国、韩国、魏国和齐国的国君，让他们都派人都参加葬礼。然后我们还要为宝马建造一座庙宇，好能时时去祭祀宝马。天下的诸侯们，听说这件事后，就都知道大王您对待马匹比对大臣还要好了。"

楚庄王听优孟这么说后，很吃惊，他问优孟："我做得真的有这么过分吗？那现在我该怎么办啊？"

优孟说："最好的安葬方式就是我们在锅里放好调料，把马煮着吃了，用我们的肚子来安葬宝马。"

楚庄王想了想说："那就照你说的做吧。"

楚庄王不想让别的国家的国君说自己对牲口比对大臣还好，那样的话，天下的诸侯们就笑话他不懂得尊重大臣，就会直接影响楚国的名誉，人们就都会嘲笑他是一个昏庸的大王。

楚庄王终于因为要保护自己贤德的名声，没有用大臣的礼节安葬宝马，虽然他一开始的时候，有些糊涂，但是他知错就改，所以他仍然是一位英明的君主。

楚
庄
王

　　楚庄王是楚国历史上出现的第一个有才能的君主。在楚庄王之前，楚国虽然也比较强大，但是一直被中原的国家看不起，那些被周天子分封的诸侯都认为楚国是一个南方少数民族的国家，他们认为楚国人没文化，很野蛮。自从楚庄王成为楚国国君后，把楚国治理得更加强大，他效仿齐桓公会盟天下诸侯，终于使诸侯们再也不敢小看楚国。

季文子相鲁

就在楚庄王东征西讨的时候,公元前601年,鲁国出现了一位德才兼备的宰相,他就是季文子。

季文子的家族是鲁国三大贵族之一,非常富有,有地位,有名声。季文子成了鲁国宰相后,季氏家族成为鲁国三大贵族之首,几乎掌握了鲁国全部的军政大权。虽然是这样,但是季文子却很崇尚节俭。

三大贵族中,有个叫仲孙它的年轻人,很看不惯季文子的做法,有次他劝季文子说:"您是堂堂鲁国的宰相,富可敌国。您家的丝绸,就算是给所有鲁国人都做一身衣服穿,也不一定用得完,可您却总让自己的老婆孩子穿粗布衣服;您家里的粟米,就算拿来喂养鲁国全国的马匹,也会绰绰有余,可您却总让自己的马匹吃草。难道您就不怕全国的百姓们笑话您小气吗?您和天下的诸侯们交往的时候,就不怕人家嘲笑您小气,因而有损我们鲁国良好的声誉吗?"

季文子微笑着回答说:"世上有谁不愿意享受荣华富贵呢?我当然也很想让我的家人都吃好的、用好的、穿好的,让我的马匹也都用粟米当饲料。可是,我毕竟是咱们鲁国的宰相啊!当我看到,我们鲁国还有很多百姓都吃不饱、穿不暖、住不好,我的心里就很难过,难道

我能让自己的家人都吃着山珍海味，穿着绫罗绸缎，却让我们的百姓们都吃粗粮、穿粗布衣服吗？听了季文子的这番回答，仲孙它羞红脸，低下了头。

季文子过后把这件事告诉了仲孙它的父亲孟献子，孟献子知道后非常生气，他恭敬地向季文子道谢说："感谢您替我教育儿子，以后我一定会努力管教他，让他好好地修养自己的德行。"

季文子笑着说："您客气了，我们鲁国的未来，还要靠他们这些年轻人，希望我们的年轻人，将来都能凭借自己美好的德行来为我们的国家赢得光荣。"

孟献子回到家里后，就严厉地训了仲孙它一顿，并且罚他七天不许出门，留在自己的卧室里检讨过错。

经过这件事情后，仲孙它痛改前非，开始发奋读书，加强自己的道德修养，把季文子作为自己的榜样来学习，很快他的学问和道德都有了一个很大的进步。

季文子教育仲孙它这件事，不久就传遍了鲁国，无论是达官贵族还是平民百姓，都纷纷向季文子学习，使鲁国形成了一种崇尚节俭的社会风气，赢得了其他诸侯国的称赞。

季文子做事，有个非常著名的特点，就是十分小心。我们现在有句成语叫做"三思而行"，所说的就是季文子。

三桓

春秋时的鲁桓公有三个兄弟，分别叫庆父——其后代改姓孟，叔牙——其后代改姓叔孙氏，季友——其后代改姓季氏。鲁桓公把这三个兄弟都封成了一级贵族，鲁桓公去世以后，他的三位兄弟的后代，在鲁国的势力越来越大，渐渐地，鲁国国君的权力也没有这三家贵族的势力大了。这三个家族最终把持了鲁国的政权，有了废立国君的权力，鲁国国君成了有名无实的君主。人们就把孟氏、叔孙氏、季氏这三个鲁国大贵族，统称为"三桓"。

示眯明报恩救赵盾

楚庄王时期，晋国的国君是晋灵公，他是晋襄公的儿子。

公元前620年，晋国宰相赵盾把晋灵公扶上了国君的位子，当时晋灵公还是一个小孩儿。而赵盾就是晋文公得力大臣赵衰的儿子。

因为晋灵公还小，所以晋国的大小事务几乎都是由赵盾来拿主意的。赵盾是一个才德兼备的人，对国家非常忠心。十四年后，晋灵公长大了，可以处理一些基本的国家事务了。

但是，晋灵公一点儿也比不上他父亲的才德，他非常奢侈(shē chǐ)，脾气也很不好。他经常站在高处，拿着弹弓打人玩，他一看见那些人到处慌张地躲闪，就高兴得不得了。大臣、宫女、太监每天都被他打得鼻青脸肿的。

有一次，一个厨师给晋灵公端来一盘香喷喷的熊掌，晋灵公吃了一口，就吐了出来，大怒说："混账，竟然没做熟就拿给我吃，留你还有什么用！"说完，他拿起刀子就把厨师给杀了。然后他对那

些吓得直哆嗦(duō suo)的宫女说:"把这废物给我拖出去,扔了!"宫女赶紧照他说的做。

像这样的事情,晋灵公做了很多。赵盾和一些忠心的大臣,看见晋灵公这么没德,心里都很担忧。赵盾和大臣们多次劝说晋灵公不要再滥(làn)杀无辜(gū),但晋灵公根本听不进去,依然多次杀人害命。后来,他讨厌赵盾整天地在他耳边唠唠(láo)叨叨(dao),就干脆派了一个刺客去刺杀赵盾。

刺客在一个黎明的时候,悄悄地来到了赵盾的府上,他趴在墙上,看到赵盾已经起床了,这时正穿着整齐的衣服在屋里坐着,等候着上朝。刺客看到这个情景,从墙上跳了下来,他感叹地说:"哎,赵盾真是一个为国家辛勤做贡献的忠臣啊,我如果杀了他,那就是不义。可是,我如果违背君主的命令不杀他,那我就是不忠。无论怎么做,我都是大罪一条啊,就是死,我也不能做不忠不义的事情!"他说完,就猛地用头撞在一棵大树上,自杀了。

晋灵公知道刺客自杀后,气愤地说:"真是个废物!既然别人信不过,那还是让我亲自动手杀了你吧!赵盾,你等着!"

过了几天,晋灵公派人请赵盾到宫里喝酒,在宫里暗中埋伏下了军队,准备在赵盾喝醉的时候,把赵盾给杀掉。

酒宴开始后,晋灵公端起酒杯假装对赵盾说:"没有您,我就当不上国君,我先敬您一杯。"赵盾端起酒杯喝完后,对晋灵公说:"您本来就是太子,成为国君是应该的,我没有什么功劳。"晋灵公装作十分和气地笑着说:"您就不要谦虚了,您为国家劳心劳力,所有人都看见了。我再敬您一杯!"赵盾又喝了一杯酒说:"这都是我的本分,我只求不要有罪过就好了。"晋灵公点点头说:"以前都是我不懂事,多次不听从您的教诲,我最近一想起我的父亲,自己就觉得很羞愧。您放心吧,现在我知道后悔了,以后我不会再胡作非为了,我一定把我父亲当成榜样努力做一个好国君。没有您的教诲,我是认识不到自己的错误的，我再敬您一杯，作为对您的感谢！"

赵盾也微笑着端起酒杯，一口喝了下去，然后说："您今后能把您父亲当成榜样的话，那可真是我们国家和百姓的福气啊，我相信您将来一定会成为天下新一代的霸主！"

这时，一个叫示眯(mī)明的厨师走上前来对赵盾说："礼节规定，国君赏给大臣三杯酒后，大臣就应该告辞了。"

赵盾听了后，就站起来对晋灵公说："感谢您的美酒，我该回去了。"

晋灵公见赵盾还没有醉，赶紧说："不要急，再喝点吧。"

赵盾说："我不能违背礼节，改天再喝吧！"

晋灵公一看留不住赵盾了，立刻换成了一副阴险的嘴脸说："哼，敬酒不吃，那就吃罚酒吧！放狗！"说完，就有一条大狗跳了出来，龇(zī)着牙向赵盾扑来。

赵盾没防备，被吓了一跳，可是还没等那条狗扑到他身前，示眯明一刀就杀死了那条狗。

晋灵公狠狠地瞪了示眯明一眼，然后大声叫喊："来人啊，快给我把他们两个杀了！"话音刚落，就有几十个拿着兵器的士兵冲了出来。

示眯明一边和这些士兵打斗一边对赵盾说："大人，您快逃，我为您抵挡这些人。"

赵盾问示眯明："你是什么人啊，为什么要救我？"

示眯明说："我就是您曾经在桑树下救过的那个快饿死的人。"

经示眯明这么一说，赵盾才想了起来。原来有次赵盾上山打猎的时候，看见桑树下有个快饿死的人，就好心拿出干粮给他吃。可是那人只吃了一半就不吃了。赵盾问："为什么不吃了？"那人说："我离开家已经三年了，不知道我母亲是否还活着，我要留下这些饭，带回给她吃。"赵盾感叹说："真是个孝子啊！"说完，赵盾就给了他更多的干粮，还有不少肉干。这个差点饿死的人，就是示眯明。

赵盾一边向外逃，一边问示眯明："你叫什么名字啊？"

示眯明大声说："不要再问了，大人赶紧逃出去吧！"

最后，在示眯明的保护下，赵盾终于安全地逃了出去。而示眯明在杀死了很多晋灵公的士兵后，也安全地逃走了。

楚
庄
王

晋灵公是春秋战国时代有名的暴君之一。他最大的爱好，就是养狗，他给自己养的狗专门修建了豪华的狗圈，还给狗都做了华丽的衣服穿。狗的待遇就像高级贵族一样。当时晋国的狗到处跑，经常吃掉百姓的家禽和牲口，但是谁也不敢打狗，因为晋灵公下命令说："谁敢冒犯我的狗，就砍掉他的双脚！"晋灵公杀赵盾没有成功后，赵盾就驾着车向外国逃去，但是还没等他逃出晋国，晋灵公就被赵盾的堂弟赵穿给杀死了。

晏婴相齐

扫码查看
☑ 中华故事
☑ 典故趣闻
☑ 能力测评
☑ 学习工具

　　楚庄王去世后，楚国和晋国一直都在争夺霸主的位子，而齐国却渐渐衰落了。直到后来齐景公当上了国君，齐国才慢慢地重新富强起来。齐国能富强起来，功劳最大的大臣就是晏(yàn)婴。

　　齐景公刚当上国君时，晏婴在齐国的一个小地方当官，晏婴在那个地方当了三年官后，齐景公把他叫回了都城，对他说："你当官这三年，不断有人来向我告状，说你是一个昏官、一个坏官。我看你还是回家吧，不要再当官了。"

　　晏婴向齐景公请求说："求您再给我一次机会，三年后，您一定会看到大家都在您面前赞美我。"

　　齐景公答应了晏婴的请求，他说："嗯，好吧，再给你最后一次机会，你要好好努力，我再听到有人来告状的话，你就回家种地吧。"

　　就这样，晏婴又回到了那个小地方当官。过了三年，齐景公又把晏婴叫回了都城，齐景公笑着说："这三年，大家都到我这里来夸奖你，说你是个有才能的好官，现在我要好好地奖赏你。"

　　晏婴赶紧说："我不敢接受您的奖赏。"齐景公问："为什么啊？"

　　晏婴说："第一个三年，我当官时，做事总是很公平正直，对犯法的人从来不心慈手软，所以才被很多人怨恨，他们到处说我的坏话。第二个三年，我当官时，就反过来做，有人犯了法，只要求我放了他，我就放了他，所以那些怨恨我的人又开始赞美我。其实，我第一个三年做官时，才应该受到奖赏；第二个三年做官，应该受到处罚才对，而您现在却要奖赏我，我怎么敢接受呢？"

　　齐景公感觉很惭愧，觉得当初不应该听信那些谗言。这时，齐景公认为晏

婴非常有才干，所以就让他做了宰相，帮助自己处理国家大事。

晏婴当了宰相以后，生活非常简朴，吃的是粗茶淡饭，穿的是粗衣布衫，乘坐的车子也是很破旧的，住的房子更是破旧。齐景公很多次都要赏赐给他大房子，都被晏婴拒绝了。晏婴的妻子又老又丑，齐景公就想把自己的女儿嫁给晏婴，他也没有接受。因为晏婴品德高尚，所以齐国百姓们都非常尊敬他。

齐景公非常喜欢喝酒，有一次他抱着美女，连续喝了七天的酒，还想继续喝下去。大臣弦章来劝他说："您已经喝了七天七夜的酒了，不能再喝了，请您立即放下酒杯吧。不然的话，您就杀了我吧。"

齐景公很生气，可是自己也不知道该怎么办。如果放下酒杯的话，那就是代表自己被大臣管束了，这是很丢面子的；但是不放下酒杯的话，弦章就要死，而弦章是忠臣，齐景公根本舍不得让他死。

正在齐景公为难的时候，晏婴进来了，齐景公对他说："弦章这家伙竟然来威胁我。如果我听从他的，不是臣子反过来管我了吗？可是把他杀死的话，我又舍不得。你说怎么办啊？"晏婴笑着说："弦章可真是幸运啊，遇到了您这么有德行的君主，如果遇上像殷纣王那么无德的昏君，他早就被杀了。"

听了晏婴的话，齐景公找到了台阶下，就立刻停止继续喝酒了。

终于，在晏婴等贤臣的辅佐下，齐国又重新强盛起来了。公元前490年，齐景公派军队攻打强大的晋国，占领了晋国很多土地。

晏婴

晏婴也被人们尊敬地称为晏子，他是春秋战国时代最有才德的宰相之一，连孔子都很称赞他。晏婴这个人有两个最大的优点：口才好、生活节俭。因为他口才好，所以他经常作为齐国的使者出使别的国家，每一次出使，他都能为自己的国家带来很好的声誉。在春秋战国的所有宰相中，晏婴可能是最节俭的一位了，他做宰相只一心想着怎样富强国家，从来不想着富足自己。

孔子周游列国

　　公元前499年，孔子成为了鲁国的宰相。齐景公早就听说孔子非常有才能，他不想让孔子把鲁国治理得强大起来，就对鲁国使用了离间计，使孔子和鲁国的贵族发生矛盾。两年后，对鲁国失望的孔子辞去了自己的官职。

　　公元前497年3月，孔子伤心地离开了自己的祖国——鲁国，他决定去别的国家宣扬自己的学说，希望可以使天下重新获得太平。

　　孔子去的第一个国家是卫国，卫国的国君卫灵公对孔子非常好，但是他并不接受孔子的学说。孔子只好伤心地离开了卫国。

　　离开卫国后，孔子和他的学生们遇到了很多危险，差一点儿丢掉了性命。后来，孔子和学生们走散了，孔子一个人来到了郑国，他就站在城门口等候学生们。

　　孔子的学生子贡和同学们也来到了郑国，正到处寻找孔子呢，子贡向很多人打听孔子，有一个人告诉他说："东门外一个人，两腮长得像是尧帝，脖子长得像是皋陶，肩膀长得像子产，腰以下的身体长得像大禹。但是整个人看起来像是一条丧家犬。"

　　子贡赶紧和同学们来到东门，果然找到了孔子。子贡把刚才那个人说的话告诉了孔子，孔子苦笑着说："呵呵，是啊，是啊，我真是像一只无家可归的狗。"

　　离开郑国，孔子带着学生们来到了陈国，当时陈国

正在打仗,孔子只好离开。当孔子和学生们走到陈国和蔡国交界的时候,被一群人给围困住了,一连被围困了七天七夜,孔子和学生们因为饥饿都病倒了。后来,楚国人把他们救了出来,孔子和学生们就到了楚国。

没多久,孔子又回到了卫国,想找机会重新回到自己的国家。

孔子无论在多么危险、多么艰苦的时候,也一直没有放弃自己的理想,他始终相信只有自己的学说才能拯救天下的百姓,让百姓们过上美好的生活。

公元前484年,68岁的孔子,被鲁国人从卫国迎接回了鲁国。

孔子周游列国十四年来,一共见过七十多个国君,虽然他的学说没有国君接受,但是他的名声却传遍了天下,很多人都开始称呼他为"圣人"。天下各个国家的人,都来拜孔子当老师,他的学生有三千多人,其中最出名、最有德行的一共有七十二人。

在孔子出现以前,普通的百姓是没有资格和机会读书学习的,因为当时的学校都是官府开办的,只有贵族的孩子才能读书。是孔子第一个在民间开办了学校,让平民百姓的孩子可以像贵族的孩子一样地读书学习,是孔子把知识从贵族那里带到了民间。

孔子是我国伟大的教育家,我们后代人尊敬地把他称作"至圣先师",他创立的学说就叫做"儒学"。

孔子的学生

在孔子最有才能的七十二位学生中,孔子最喜爱的是颜回,颜回非常贫穷,但是最好学,最有仁爱之心。子路是对孔子最忠心的学生,他为人光明磊落,重情重义,而且武艺高强。孔子最有钱和最聪明的学生是子贡,子贡非常有做生意的头脑,他是一个大富豪,而且他的口才非常厉害。孔子的学生曾子学识非常渊博,他后来做了孔子孙子的老师。子夏也是一位非常受孔子器重的学生,孔子去世后,他是第一个继续传播儒学的人。

吴起贪名而亡

孔子有一个非常有名的学生叫曾子,曾子也收过一个学生叫吴起,吴起是卫国人,他在曾子那学习了没有多长时间,就离开了。

吴起不想做一个平凡的人,他想让全天下的人都知道他的大名。他首先来到了鲁国,希望可以有机会建功立业,过了一段时间,终于让他等到了一个机会。

公元前412年,齐国出兵进攻鲁国。鲁国国君和大臣们商量应该怎么样才能抵挡齐国的军队。

吴起对鲁国国君说:"让我率领军队去抵挡齐国吧,我曾经学习了很多年的兵法,一定可以打败齐国,我愿意拿我的性命来担保。"

鲁国国君说:"但是你的妻子是齐国人啊,就算你有打败齐国军队的本领,我们也不敢让你做将军啊。"

吴起激动地说:"请您放心,我绝对不会因为我的妻子是齐国人,我就投降齐国,我拼了性命也要帮助鲁国打败齐国军队,请您相信我!"

鲁国国君低着头,没有说什么。

吴起又说:"请您稍等一会儿,我这就去证明我对鲁国的忠心。"

吴起说完这句话,就立刻跑回了家里。吴起看见妻子正在洗衣服,就对她说:"我就要做将军了。"

妻子高兴地说:"真的啊,你苦学了这么多年的兵法,现在终于可以做将军了,可以名扬天下了。"

吴起说:"是啊,现在齐国来攻打鲁国,只要我做了鲁国将军,帮助鲁国打败强大的齐国,我就可以名扬天下了。鲁国国君也相信我有这个本领,但是,他还是害怕让我当将军。"

"为什么啊?"妻子问。

吴起叹了一口气说:"因为你是齐国人,鲁国人怕我会因为你,向齐国投降。"

妻子沉默了,她知道自己的丈夫,梦想着做将军已经有很长很长时间了。所以她就流着眼泪对吴起说:

"我不想成为阻挡你做将军的人,你杀了我吧!"

吴起咬了咬牙说:"谢谢你成全我。"说完,他拔出剑来就杀死了自己的妻子。

鲁国国君一看吴起用杀死自己妻子的方式来证明自己的忠心,所以就让吴起做了将军,命他率领军队去反击齐国军队。吴起到了前线后,就率领军队打败了强大的齐国军队。

一夜之间,吴起成为了鲁国的名人。

这时有一个大臣对鲁国国君说:"吴起这个人,非常残忍。他曾经花光了家里所有的钱去求官做,都没有成功,回到家乡时,乡亲们都笑话他,他就一怒杀死了三十多个笑话过他的人。接着他就离开卫国,临走的时候,他咬破了自己的手臂对自己的母亲发誓说'我要是不做上大官,就再也不回来了'。吴起离开卫国后,就拜了曾子当老师。他母亲去世的时候,他都没有回家安葬母亲,所以曾子很看不起他,就把他赶走了。吴起这才来到了鲁国。我们鲁国始终是一个小国,有了打胜仗的名声后,那些强国就会都来攻打我们,我们是没有实力和强大的国家为敌的。"

鲁国国君听了这些话后,就不让吴起再当将军了。吴起一看在鲁国没有前途了,就离开了鲁国。

最后,吴起来到了楚国,过了段时间,他就被楚国的贵族杀死了。

吴 起 时 代 的 人 伦 道 德

吴起生活的那个时代,妇女的地位是非常非常低下,所以吴起杀害他妻子,在当时不算令人发指的事。但是那个时代是非常重视孝道的,所以当吴起的母亲去世后,他不去回家安葬他母亲,这在当时才是最令人发指的事情。吴起这个人非常有才能,但是他贪图钱财、名声和美色,没有一点儿人伦道德,因而他注定不会有好下场。

专诸刺吴王

在晏婴帮助齐景公治理齐国，使齐国慢慢重新强大起来的时候，位于楚国的东南方的吴国也慢慢地强大起来了。

公元前 527 年，吴王僚（liáo）成为吴国的新国君，他成为国君后，就不断派军队攻打强大的邻国——楚国。

自从楚庄王去世后，楚国的实力就迅速下降了，所以吴国就不断地出兵侵略楚国。

吴王僚的侄子公子光是吴国上一代国君的儿子，很有才干，他一直认为让吴王僚当国君感不公平，他认为吴国的王位应该是属于他的，所以他积极作着准备，希望可以有一个机会除掉吴王僚，然后自己做国君。

后来，公子光得到了一个勇士，叫专诸。公子光想让专诸刺杀吴王僚，所以他对专诸特别好，经常送给他很多礼品。

公元前 516 年冬天，楚国国君楚平王去世了，吴王僚趁着楚国正在办丧事，就出兵攻打楚国，结果吴国军队被楚国军队包围了。

公子光听说吴国军队被困在了楚国后，非常高兴，他在心里兴奋地想："啊，机会终于来临了。"

公子光找来专诸说："我父亲去世后，我应该继承王位，但是却被我叔叔给夺去了，现在他的军队都困在了楚国，我想趁这个机会杀了他，把王位夺回来，你能帮我吗？"

专诸说："您对我有恩，我当然要报答您，但是我母亲和孩子们都还需要我照顾，如果我出了事，他们怎么生活呢？"

公子光说："你放心，你的母亲就是我的母亲，你的孩子就是我的孩子。我一定替你照顾好他们。"

专诸点了点头说："好，那我就安心了，我一定帮助你夺回王位！"

这天夜里，公子光邀请吴王僚来自己的府上吃饭，吴王僚答应了。其实，吴王僚也一直都在防着公子光，所以他来公子光府上吃饭的时候，从王宫一直到公子光府上都派了亲兵保护，就连吃饭的那间屋子都站满了保护他的亲兵。

公子光把自己的士兵都埋伏在地下室里。公子光陪着吴王僚喝了一会儿酒后,就假装对吴王僚说:"您自己先喝着,臣的脚有点儿疼,要离开一下,一会儿再回来陪您喝。"

吴王僚正开心地观看歌舞呢,就笑着随便答应说:"呵呵,去吧,去吧。"

公子光出来后,就进了地下室,这时专诸正在地下室里等着呢。公子光对专诸说:"好了,现在就全看你的了。"

专诸点了点头说:"嗯,放心吧。"

专诸端着一盘烤鱼走进了吴王僚吃饭的那间屋子,吴王僚根本就没注意他,还在专心地看美女跳舞呢。专诸来到了吴王僚面前,把盘子轻轻地放在桌子上,突然伸手从鱼肚子里拿出一把锋利的匕首,一下刺进了吴王僚的心口。吴王僚一句话都没说出来就死掉了。惊呆了的亲兵们赶紧冲上来救吴王僚,杀死了专诸。这时,公子光率领埋伏在地下室的士兵杀了出来,打退了吴王僚的亲兵。

接着,公子光就登上了吴国的王位,史称吴王阖(hé)闾(lú)。这一年是公元前514年。

四大刺客　春秋战国时期有四大刺客,专诸是其中的一位,另外三位分别是豫让、聂政和荆轲。豫让刺杀的是赵国国君赵襄子,没有成功,他自杀而死;聂政刺杀的是韩国宰相侠累,刺杀成功后,他也自杀而死;荆轲刺杀的是秦王嬴政,没有成功,被秦国人杀死。这四位刺客,在去世后,都得到了天下人一致的敬重,他们可以说是中国侠客的始祖,他们为知己不惜牺牲、无所畏惧的精神,后来就形成了中国的侠客精神。

伍子胥复仇

吴王阖闾在专诸的帮助下，终于当上了国君。吴王阖闾能够得到专诸，要感谢一个人，这个人就是伍子胥(xū)，是伍子胥把专诸介绍给他的。

伍子胥本来是楚国人。楚国国君楚平王听信了奸臣的坏话，要杀掉伍子胥的父亲伍奢。楚平王为了斩草除根，就骗伍奢说："你把你两个儿子叫来，他们能来的话，我就放了你，如果他们不来，我就杀了你。"

伍奢说："我的大儿子伍尚，心地善良，一定会来的，但是我的小儿子伍子胥非常聪明，志向很大，他一定不会来。"

楚平王不相信伍奢说的话，派人去对他的两个儿子说："如果你们两个能来见我，我就放了你们的父亲，如果你们不来见我，我就杀了你们的父亲。"

伍尚想要去见楚平王，伍子胥阻止他说："楚王是骗我们的，我们去了就会把我们父子都杀了。我们现在应该先躲一躲，然后找机会为父亲报仇。"

伍尚说："我也知道楚王是骗我们的，但是父亲在他手上呢，我一定要去。弟弟你比我更有才能，将来你一定可以为父亲报仇，让我陪父亲去死吧。"

这时楚平王又派人来抓捕这兄弟俩，伍子胥用弓箭射死了几个官

兵逃走了。楚平王抓到伍尚后，就把他和伍奢都杀掉了，又派兵去追捕伍子胥。后来伍子胥战胜了无数的危险和艰难，来到了吴国。成为了吴王阖闾的谋士，帮助吴王阖闾夺得了王位。

吴王阖闾让伍子胥做了宰相，伍子胥很快就帮助吴王阖闾把吴国治理得强大起来了。有了实力后，伍子胥立刻就对吴王阖闾说："现在我们国力强盛，应该出兵和中原诸侯争夺霸主的位子，请先出兵攻打楚国吧。"

吴王阖庐说："好啊，攻打楚国你有什么好计吗？"

伍子胥说："我们可以先派兵假装攻打越国，让楚国人以为我们不会攻打楚国。然后我们派人去和蔡国和唐国结盟，这两个国家经常受到楚国的欺负，一定很愿意和我们一起出兵攻打楚国。做好这些事情后，我们就可以攻打楚国了。"

吴王阖闾笑着说："真是好计啊，就按照你说的做吧。"

公元前 506 年的冬天，吴王阖闾亲自率领军队向楚国进攻，吴国军队的大将是伍子胥和孙武。唐国和蔡国也派出军队帮助吴国攻打楚国。楚国军队被打得四处逃窜，吴国军队占领了楚国的首都。

这时，楚平王已经死了好几年了，伍子胥就来到了楚平王的坟墓前，派军队扒开了坟墓，打开棺材，把楚平王的尸体拖出来。

伍子胥悲愤地说："父亲，哥哥，我今天替你们报仇了！"说着，他就开始拿钢鞭狠狠地抽打楚平王的尸体，整整打了三百多鞭，终于为自己的亲人报了仇。

伍子胥的复仇背景

春秋时代，特别流行复仇，人们把为自己的亲人报仇，看作是一种正义的事情，孔子也曾说过"和杀死自己父亲的仇人，是不能共同生存在同一片天空下的"。那时候的天下，名义上都是属于周天子的，任何人都是周天子的臣民，所以那时候的诸侯国之间还没有很明确的国家概念。伍子胥背叛楚国，在当时看也并不算大逆不道。

申包胥救国

　　吴王阖闾率领军队占领楚国首都后,烧杀抢掠,无恶不作。楚国有个叫申(shēn)包胥的大臣,他听说伍子胥用钢鞭打了楚平王三百鞭后,心里很愤怒,派人去责备了伍子胥一番。

　　其实,申包胥和伍子胥在少年的时候,是非常好的朋友。等到伍子胥要逃离楚国的时候,申包胥来送他。伍子胥发誓说:"你看着吧,将来我回来报仇,一定要把楚国灭亡!"申包胥叹了口气说:"那你好好努力吧,将来你能灭亡楚国的话,我就能复兴楚国。"

　　现在伍子胥果然就要把楚国灭亡了,申包胥心里非常着急。当时,有实力可以打败吴国、救援楚国的国家只有齐国、晋国和秦国。但是晋国和楚国为了争夺霸权,已经打了几十年的仗了,不可能会帮助楚国;而齐国呢,也不愿意有楚国这样一个强大的邻居,所以也不可能会出兵救援楚国。申包胥想了想,决定去秦国求救。

　　申包胥走了七天七夜,没有吃过一点儿东西,连鞋都磨破了,身上也受了很多伤,终于来到了秦国都城。秦国国君秦哀公知道申包胥是来秦国借兵的,就故意不见他。秦哀公

心里说："为什么要花钱浪费粮食和士兵的生命帮助楚国呢？我们秦国一点儿好处都得不到。"

申包胥看秦哀公不接见他，就日夜地在秦国王宫的墙根下大哭，秦哀公派人给他送东西吃，他也不吃，只是哭泣，已经快要死去了。

秦哀公终于被申包胥的忠诚打动了，他感叹说："楚国有这样的忠臣，真是不该灭亡啊。楚王虽然是个昏君，但楚国的臣民是无辜的，不应该让他们受到吴国人残害。就算得不到什么好处，我也要派兵去救援楚国。"

秦哀公决心救援楚国，他派出了五百辆战车，跟随申包胥救援楚国。秦国军队和誓死保卫国家的楚国军队一起向吴国军队发动了猛烈的进攻，吴国军队被打得大败，吴王阖闾率领军队撤退回了吴国，楚国得救了。

吴国军队退走后，楚国国君楚昭王重新回到了首都。他对申包胥说："是你拯救了楚国，我要重重地赏赐你，就封给你五千户食邑吧。"

申包胥没有接受赏赐，他说："臣是楚国人，有责任拯救楚国，这是臣应该做的事。臣去秦国求救，并不是想解救楚国后，自己可以得到荣华富贵。因为我是您的臣子，楚国是我的祖国，我必须要保护您和楚国。"

虽然申包胥一直不接受奖赏，但是楚昭王还是非要奖赏他。没办法，申包胥只好逃走了。过了很长时间他才又回到楚国。

公元前476年，申包胥又代表楚国出使越国，鼓励越王勾践攻打吴国。

食邑 食邑就是古代君主赏赐给亲信、贵族、大臣的土地，包括土地上的农民。受到这种赏赐的人，可以在这些土地上自由征收租税。食邑的多少，都是由官位、功劳和国君的心情的来决定的。因为楚国的国土面积很大，所以楚王在封给大臣们食邑的时候，一般出手都很大方，到后来楚国贵族就都成了一些慵懒、奢侈和无能的人，这也加快了楚国的衰弱。

孙武治军

扫码查看
☑ 中华故事
☑ 典故趣闻
☑ 能力测评
☑ 学习工具

吴国军队能打败强大的楚国军队，最大的功劳，应该是属于孙武的。孙武和伍子胥就是吴王阖闾的左手和右手。

孙武本来是齐国人，有一次齐国又发生了内乱，十八岁的孙武就离开了齐国，来到了吴国。

孙武从小就很喜欢读书，最喜欢的就是研究兵法。到了吴国后，孙武写出了一部古今闻名的兵书，就是《孙子兵法》。

后来，孙武和伍子胥成为了好朋友，当伍子胥看到孙武写的《孙子兵法》后，感叹说："真是一部奇书啊。"

伍子胥立即就向吴王阖闾推荐孙武，他说："孙武这个人实在是太有才能了，世上的人都不知道他的才能，所以他才没有名气。但是，如果我们吴国能让他做将军的话，不光是楚国不是我们的对手，天下所有诸侯都会被我们打败。您想成为霸主的话，就一定要让孙武来做我们的将军。"

因为孙武一点儿名气都没有，吴王阖闾没有相信伍子胥说的话，认为孙武没有伍子胥说得那么厉害。伍子胥看吴王阖闾不想用孙武，他就继续向吴王阖闾推荐孙武，一共推荐了七次，吴王阖闾才答应见一见孙武。

孙武来到吴王宫里后，把自己写的《孙子兵法》拿给吴王阖闾看，吴王阖闾看完后，大吃一惊，他称赞孙武说："你真是个奇才啊！"

过了一会儿，吴王阖闾又对孙武说："你这兵书写得是很好，但是不知道真正让你领兵时，又会是啥样，你能不能先让我看看你怎么训练军队啊？"

孙武说："当然可以。"

吴王阖闾又说："能让女人充当士兵来训练吗？"

孙武说："可以，没问题。"

吴王阖闾就自己的小妾和宫女充当士兵，让孙武训练，人数是一百八十人。孙武把她们分成两队，让吴王阖闾最宠爱的两个小妾当队长。孙武发给她们每人一件兵器，然后问她们："你们都知道前后左右吗？"

"知道。"那些女人说。

孙武发布军令说："命令你们向前，你们就要眼看前方；命令你们向左转，你们就要看着前一个人的左手；命令你们向右转，你们就要看着前一个的右手；命令你们向

后转,你们就要看着前一个人的后背。都听明白了吗?"

"明白了。"那些女人说。

接着,孙武就敲打战鼓,命令"军队"向右转,那些女人觉得好玩,都哈哈大笑起来,没有人听从命令。孙武就说:"士兵不熟悉命令,是将军的错。"所以他又大声说了好几遍军令。接下来,孙武又敲打战鼓,命令"军队"向左转,那些女人们还是哈哈大笑,没有人遵从命令。孙武:"士兵不熟悉命令,是将军的错。军令已经说明白了后,士兵还不遵守命令的话,就是士兵的错。有错就该处罚。"孙武命令执行军法的人,将两名队长斩首。

吴王见孙武要杀自己的小妾,赶紧阻拦说:"好了,我现在知道你有当将军的本领了,请不要杀我的两个爱妾了,没有她们,我会吃不下饭、睡不着觉的。"

孙武说:"将军打仗的时候,国君的命令也不能接受。"说完他就下命令把吴王阖闾的那两个小妾斩首了。

孙武继续练兵,那些女人被吓得再也不敢不遵守命令了。孙武让她们做什么她们就做什么。

吴王阖闾见孙武果然很有才干,就让他做了将军,训练吴国军队。后来,吴王阖闾终于用孙武训练出来的军队打败了强大的楚国军队,占领了楚国的首都。

孙武去世以后,人们尊敬地称他为"兵圣"。

《孙子兵法》

《孙子兵法》不仅仅是一部军事著作,他还是一部很高深的哲学著作。孙武认为决定战争成败的关键不在战场上,而在战场下交战国家之间的整体实力和对待战争的智慧。孙武认为:不需要打仗,就能让对手屈服,才是最理想的选择。《孙子兵法》是一部充满了哲学思想的兵书,如今世界上很多国家都争相研究这部书,人们在生活的方方面面都可以得到这部书的帮助和启示。

勾践卧薪尝胆

吴王阖闾去世后,他的儿子夫差继承了王位,史称吴王夫差。

吴王夫差成为吴王两年后,出兵攻打越国,越国被打败,越王勾践率领五千军队退到了会稽(kuài jī)山上,吴王夫差又率领军队包围了会稽山(在今浙江省中东部)。

越王勾践绝望地说:"从今以后,世上再也没有越国了,我不想让我的百姓再为我送死了,希望我死了以后,吴王可以好好对待我的百姓。"说完,拔出剑来就要自杀。

大臣范蠡(lǐ)赶紧上前按住越王勾践的胳膊说:"大王,不要这样,只要越国的百姓还在,越国就不会灭亡。"

大臣文种也劝越王勾践说:"晋文公重耳和齐桓公小白都是经受了巨大的磨难后,才成为了霸主,为什么您就不可以像他们一样坚强地活下去呢?"

越王勾践放下了手中的剑,无奈地说:"那现在我们该怎么办呢?"

范蠡说:"不如我们先带着贵重礼品去吴王夫差那儿请求投降。"

越王勾践说:"那就先试试吧。"

文种带着许多礼品来到吴军军营前,跪着爬到了吴王夫差的面前说:"我国大王派臣来向您请降,我们大王愿意做您的臣子,忠心地伺候您。"

吴王夫差看文种很诚心,就想答应越国的请求。

伍子胥却说:"大王,不要答应越国,现在正是我们灭掉越国的机会。"

吴王夫差没有说什么。文种回来向越王勾践报告,越王勾践一看吴王夫差没有答应越国投降的请求,就要杀死自己的妻子,烧掉所有国宝,然后率领

军队和吴国决一死战。

文种赶紧说:"大王,先不要这样,请听臣说,臣这次去见吴王,认识了吴王最信任的一个大臣,他叫伯嚭(pǐ),这个人非常贪财,只要我们给他多送一些金银珠宝,他一定帮我们在吴王面前求情。"

越王勾践说:"好,那你就再去试试吧。"

这一次,文种带上了越国所有的国宝还有美女去见吴王夫差,这其中有一个叫西施的美女,是世间最美丽的女子。伯嚭收到了越国的贵重礼品后,很高兴,立刻领着文种去见吴王夫差。

文种跪在地上向吴王夫差请求说:"请大王原谅我国君王犯下的罪过,我们愿意把所有财宝都献给大王,我们愿意世世代代都做吴国的臣子和奴仆。"

伯嚭也站在文种旁边帮着越国说好话。

吴王夫差说:"那好吧,我就答应你们的请求,希望你们越国记住今天对我的承诺,不然的话,我不会再饶恕你们。"

文种连忙磕头说:"谢大王,我们一定会遵守今天的诺言。"

文种赶紧把自己带来的国宝和美女都献给吴王夫差,当吴王夫差看到西施后,一下子就被西施的美貌惊呆了,过了一会儿才回过神来,他赞叹西施说:"简直就是神仙啊。"

伍子胥听说吴王夫差答应了越国的请求后,急忙来见吴王夫差说:"今天不灭掉越国,将来您一定会后悔的。越王勾践是个英明的国君,范蠡和文种都是很有才干的大臣,现在不杀了他们的话,将来一定会成为吴国的祸患。"

吴王夫差说:"他们三个有你说得那么厉害吗?

65

现在不是都来向我摇尾乞怜吗？有什么好怕的！"他没有听从伍子胥的话，撤兵回了吴国。

越王勾践回到国都后，对范蠡说："以后就由你治理国家吧。"

范蠡说："还是让文种治理国家吧，在这方面他比我厉害，我最擅长的是带兵打仗，您让我训练军队吧。"

越王勾践说："嗯，这样也好，就按你说的办。"

越王把国事都交给范蠡和文种处理后，他自己就亲自和百姓一起去种地，晚上回来睡在稻草上，他的屋子里悬挂着一个猪苦胆，他每天都会舔食一下，并且问自己："勾践，你忘了在会稽受到的耻辱了吗？"

几年后，伯嚭对吴王夫差说："大王，伍子胥正准备着谋反呢。"吴王夫差听信了伯嚭的谗言，派人去让伍子胥自杀。

伍子胥自杀的时候对吴王夫差派来的人说："我死了以后，一定要把我的双眼挖出来，放在国都的东门上，让我看着将来越国的军队是何如灭亡吴国的。"

经过了二十年的休养后，越国终于强大起来了。公元前473年，越王勾践率领军队占领了吴国的都城，吴王夫差请求投降，越王勾践不答应，吴王夫差只好自杀。越国灭掉了吴国。

接着，越王勾践会盟天下诸侯，成为春秋时代最后一位霸主。

越 王 勾 践

范蠡评价勾践时，说他是个可以一起度过苦难，却不能一起共享富贵的人。所以当越王勾践灭亡了吴国以后，范蠡就辞掉官职离开了越国，传说他是带着美女西施走的，后来以经商为生，成为了大富豪。范蠡也曾写信劝文种赶紧辞掉官职，可是正在文种打算辞官的时候，勾践就派人给文种送去一把剑，让文种自杀了。

三家分晋

春秋时代,在吴国有一个名叫延陵季子的人,这个人很有见识,他去了晋国,见到了晋国当时很有权势的三位大臣——赵文子、韩宣子和魏献子之后,对别人说:"晋国的将来肯定掌握在这三大家族手里。"

这个时候,晋国的权力都掌握在六个大贵族的手中,他们被合称为"六卿",连国君都很害怕他们。后来,这六个大贵族为了扩大自己的地盘,经过一番腥风血雨的争斗后,智氏、赵氏、韩氏、魏氏四个贵族,灭掉了另外两个贵族,并且合伙瓜分了他们的土地。

面对着这样四个如狼似虎的贵族,国君晋出公为了自己和国家的安全,决定除掉他们。但是晋国的军队大多数都掌握在这四个大贵族的手中,晋出公想:"自己的这点儿虾兵蟹将,怎么打得过人家呢?"几乎想破了脑袋,才终于让他想到了一个办法,那就是向邻居齐国和鲁国借兵,来收拾那四个乱臣贼子。晋出公的想法虽然不错,但是却不小心走漏了消息,被四大贵族知道了。于是四个大贵族凑到一起说:"不是他死,就是我亡,不如先下手为强,杀掉这个国君,再立一个听咱们话的。"四个大贵族说完就去召集各自的军队,浩浩荡荡地就向晋出公杀去。面对比自己多出很多倍的敌军,晋出公只好绝望地选择逃跑。可悲的是,他在逃往齐国的路上,就凄凉地死去了。

赶跑了晋出公后,四大贵族变得更加无法无天。他们中势力最大的智氏家族首领智伯又扶植了一位新国君,叫做晋哀公,他完全就是智伯的一个玩偶。当消灭了共同的"敌人"后,四大贵族又互相斗了起来,财大气粗的智伯经常向另外三个贵族索要土地,韩氏和魏氏一直都选择了屈服,只有赵氏忍无可忍，开始拒绝智伯的无礼要求。智伯因此恼羞成怒，他凶狠地说："竟然敢拒绝我，看来是不想活了！"所以他立刻叫来韩氏和魏氏的首领，命令他们出兵跟自己去攻打赵氏。

几日后，智伯就率领着庞大的军队气势汹汹地来教训赵氏。赵氏的首领赵襄子为了避开智伯军队的锋芒，就主动带领军队撤退到了城墙坚固的晋阳城。智伯就率军追到了晋阳城下，命令军队把晋阳城团团围住，"连只鸟也不能给我放进去！"智伯大声地吼着说。接着他便下令军队开始攻城，但是晋阳城的城墙又高又厚，城门也非常坚固，智伯率领的军队损失惨重，却还是攻不进晋阳城。就这样攻打了一年多，双方陷入了僵持。智伯不甘心撤兵，他恨赵

襄子恨得差点儿咬碎了自己的槽牙，"我发誓，一定要铲除赵氏！"他每天都这样对着晋阳城自言自语地说。有一天，他看到晋阳城附近一条叫汾水的河水流量很大，忽然一个十分阴毒的计谋浮现在他的脑海中。他险恶地笑着说："如果把这些河水引去晋阳城，那不就不费一兵一卒便可以攻破晋阳城了吗？"

他打定主意，

就命令军队掘开河堤，汹涌的河水立刻就奔晋阳城而去，眼看着大水就要灌入城中了。而这时的晋阳城中呢，由于智伯大军围城，城中储存的粮食已经吃光了，赵襄子手下的大臣也有不少人开始动摇，有了投降的念头。赵襄子十分苦恼："有什么办法打败智伯呢？"他不断地想。这时他想到一直要除掉自己的是智伯，而韩氏和魏氏只是因为不敢得罪智伯才出兵的，并不是出于真心。所以赵襄子决定拉拢韩氏和魏氏来共同对付智伯。当天夜里，赵襄子派人偷偷出城去联系韩氏和魏氏的首领，劝说他们跟自己联合起来消灭智伯。韩氏和魏氏早就对智伯不满了，更害怕智伯在除掉赵氏后，会接着向自己下毒手，因而爽快地答应了赵襄子的建议。

这时，智伯还在高兴，他想："这回还不把那个赵襄子给淹死！"正在他做着美梦的时候，赵襄子和魏氏、韩氏的军队里应外合，向他发动了突然袭击，还没等他反应过来，就被赵襄子砍掉了脑袋。这就是历史上有名的"晋阳之战"。

晋阳之战后，赵氏、魏氏和韩氏三个大贵族平分了智伯的土地。不久，晋哀公死了，他的儿子晋幽公成为晋国国君，这时候属于晋国国君的土地只有绛和曲沃两个地方，其余的全部土地都掌握在了赵氏、魏氏和韩氏这三大贵族的手中，晋幽公作为国君有时候还要反过来去朝拜他这三位臣子。

公元前403年，周天子封赵氏、魏氏、韩氏为诸侯，从这时候起，中国进入了战国时代。

诸 侯 和 卿

从公元前770年到公元前403年的这段时间，历史上称为春秋时期。天子将国家的土地分给有功的大臣，他们在自己的土地上建立了国家，这就是后来的诸侯国，他们虽然有自己的领地，但必须服从周天子，按时向周天子进贡。而卿就是在诸侯国中担任重要官职的大臣，一般都由这个国家最有势力的贵族来担任。

公仲连相赵

三家分晋后，赵国的第一个国君叫赵烈侯。

赵烈侯非常喜欢听音乐，赵国有两个人唱歌特别好听的人，分别叫枪和石。赵烈侯很喜欢听他们唱歌，所以就想重重地封赏他们俩。

赵烈侯问宰相公仲连："我有两个特别欣赏的人，可以给他们荣华富贵吗？"

公仲连："可以给他们财富，但是不能让他们当大官。"

赵烈侯说："那好，我就赏给枪和石每人一万亩良田，你去办理这件事吧。"

公仲连说："臣遵命。"

过了一个月，赵烈侯从外地考察回来了，问公仲连："我让你办的那件事，你办好了吗？"公仲连说："正在办呢，还没找到合适的田地。"其实，公仲连根本就不想把那么多的田地让给两个没用的闲人，但是他又不能公开拒绝赵烈侯的命令，所以就用上了拖延这一招儿。

过了一段时间，赵烈侯又问公仲连："事情办好了吗？"公仲连说："正在办着呢。"

公仲连害怕赵烈侯还继续问他，他就天天假装生病，不去上朝了。

又过了一段时间，有个叫番吾君的人对公仲连说："您确实是一个好宰相，但是还需要做得更好。您已经当了四年宰相了，举荐过有才能的人吗？"

公仲连说："我还没遇到过十分有才能的人呢？"

番吾君说："我知道三个有才能的人，他们是牛畜、荀欣和徐越。"

公仲连第二天就去见赵烈侯说："我最近遇到三个非常有才能的人，分别叫牛畜、荀欣和徐越，现在臣把他们推荐给您。"

赵烈侯说："嗯，好，等会儿你让他们来见我吧，我会根据他们的才能来给他们安排官职的。"

过了几天，赵烈侯又问公仲连："我先前交代你办的事，你办得怎么样了？"

公仲连："我正在挑选肥沃的田地呢。"赵烈侯说："你要抓紧办啊。"

公仲连答应着说："是的，臣会尽快办好的。"

牛畜、荀欣和徐越三个人成为了官员后，一开始牛畜用仁义来辅佐赵烈侯，接着荀欣帮助赵烈侯选举有才能的人来当官，最后徐越做事节俭，从不铺张浪费。很快，赵烈侯就好像变了一个人，变得更加有威严、更加英明，赵烈侯对自己的新形象非常满意。

这时，赵烈侯主动派使者到宰相府上告诉公仲连："我先前交代你办的那件事，你不用再办了。"

公仲连终于使原来喜欢玩乐的赵烈侯变成了一位贤明的国君，把赵国治理得十分安定、十分繁荣，真是一位好宰相啊！

赵 烈 侯 时 期 的 赵 国

三家分晋后，魏国立刻在自己的国家里实行改革，很快使魏国成为赵、魏、韩三个国家中实力最强大的国家。赵烈侯时期的赵国，面临着邻国中山国的严重威胁，赵烈侯无力对付中山国，就请魏国出兵帮助攻打中山国，后来魏国吞并了中山国的土地。赵烈侯也在公仲连等贤臣的辅佐下，开始勤奋努力地治理国家，实行了一系列改革，终于使赵国渐渐强盛起来。

李克为魏文侯选相

三家分晋后,魏国的第一个国君叫魏文侯,他是一位非常贤德的国君,因为他礼贤下士,所以天下的诸侯都很尊敬他。

有一天,魏文侯把大臣李克叫进宫里问:"您常常对我说'家里贫穷的话,就一定要娶一个贤惠的妻子;国家没有治理好的话,就要找一位有才德的宰相',现在我们就非常需要一位才德兼备的宰相。这些天我细心观察一下所有的大臣,觉得有资格当宰相的除了魏成子,就是翟璜(zhái huáng)。您觉得他们两人怎么样,谁更有资格当宰相啊?"

李克谦虚地回答:"我身份低下,怎么能谈论这么重要的国家大事呢?您还是问一下别人吧。"

魏文侯说:"您就不要推辞了,请给我一点儿意见吧!"

李克说:"其实以您的贤明,是不难选定一位好宰相的,只是您还没来得及仔细考察罢了。您只要从五个方面来考察,就可以选出合适的宰相了。第一,您考察一下这两位大臣平时都和什么样的人亲近;第二,您考察一下他们富贵的时候,都是和什么样的人交朋友;第三,您考察一下他们做了大官后,都向朝廷举荐了什么样的人才;第四,您考察一下他们没有做大官之前,都没有做哪些事情;第五,您考察一下他们在贫困的时候,都没有要哪些东西。您只要按照这五个方面去仔细考察,就会发现谁更适合当宰相了,根本用不着我来说。"

魏文侯听了李克的话后,沉思了起来,他按照李克说的这五个方面,一一去对照魏成子和翟璜这些年来的所作所为,觉得魏成子要比翟璜更加优秀。想通后,他大笑着说:"多谢您的提醒,我现在已经知道谁可以当宰相了,哈哈哈……"

李克从宫里出来后，回家时路过翟璜的府第，正好翟璜看见了他，就把他请进了府里喝茶。翟璜笑着问李克："听说国君请您进宫，是向您询问选拔宰相的事情，请问国君到底选谁当了宰相啊？"

虽然魏文侯没有明确地告诉李克，他选定的宰相是谁，但李克已经猜到是魏成子了。所以李克就回答翟璜说："嗯，不错，国君打算让魏成子宰相。"

翟璜不高兴地问："是您向国君建议让魏成子当宰相的吗？"

李克说："不是，我只是告诉了国君选取宰相的五个方法，是国君自己决定让魏成子当宰相的。"

翟璜"啪"的一声，拍了一下桌子，愤怒地说："太不公平了！我有哪一样比魏成子差，国君却舍弃我，让他做了宰相！

当初西河那个地方，国君找不到合适的人去守卫，是我帮助国君找到了一个合适的人才去防守那里的；国君又忧愁邺(yè)城找不到人才去治理，是我向国君推荐了西门豹去把邺城治理好的；国君想讨伐中山国的时候，找不到可以领兵的大将，是我向国君推荐了乐羊，我军才顺利占领了中山国的；占领了中山国后，国君又忧愁找不到合适的人去守卫，我就向国君推荐了您去守卫中山国；后来国君犯愁找不到才德兼备的老师来教育儿子们，我就又给国君的儿子们找了一位好老师。我有这么多的功劳，请问我有什么比不上魏成子的呢？他凭什么就能做宰相，我却不能！您怎么不在国君面前帮我说句公道话呢？"

李克说："您从前推荐我当官，是为了让我为国家出力，难道是为了拉帮结派吗？而且我觉得您真的有比不上魏成子的地方。魏成子得到钱财后，把9/10都用在了外面的事情上，只留下1/10用在自己家里。他为国君找到了卜子夏、田子方、段干木这三个贤才，国君把这三个人当老师来侍奉，而您向国君推举的五个人，国君却始终把他们当成臣下来对待。就凭这两点，您觉得自己可以胜过魏成子吗？"

翟璜听了李克的一番分析后，沉思了一会儿，忽然明白了，走向李克鞠躬拜谢说："唉，还是您说得对啊，我真的比不上魏成子，还是他更有资格当宰相。请您原谅我说错话吧，我愿意给您当一辈子学生。"

李克　李克也叫李悝(lǐ)，是魏国人，春秋战国时代法家学派的代表人物。他为魏国创立了最完善的司法制度，他编写的《法经》，是中国历史上第一部比较系统的封建法典，这部书在中国历史上影响非常大。李克之后的法学家商鞅，把《法经》从魏国带到了秦国，商鞅根据《法经》帮助秦国建立了庞大的法律系统。秦国灭亡后，大汉王朝又继承了秦国的法律。《法经》就是这样传到了后世王朝。

魏文侯从谏

魏文侯想要攻打中山国的时候，翟璜向魏文侯推荐了乐羊，魏文侯就命乐羊当将军，率领军队去攻打中山国，乐羊经过三年的苦战，终于灭掉了中山国。

当初，乐羊的儿子乐舒是中山国的将领，曾经杀死了翟璜的儿子翟靖（jìng），但是翟璜为了国家，并不记仇，仍然推荐了乐羊做将军，去攻打中山国。

中山国被魏国灭掉后，魏文侯就把中山国封给了自己的儿子魏击。过了一些天，魏文侯在宫里设了盛大的酒宴，宴请文武大臣们。宴席上，魏文侯非常高兴，脸上一直都满是笑容，得意地和大臣们一起边观赏歌舞边互相敬酒。

魏文侯有了点醉意的时候，就问大臣们："诸位爱卿们，你们觉得我这个国君当得怎么样啊，还算称职吧？"

大臣们赶紧恭维说："您可是一位非常仁德的君主啊，我们都为能成为您的臣子感觉到万分荣幸，我们魏国有您这样贤德的君主，真是件值得国人骄傲的事情啊！"

魏文侯听到群臣们的赞美，开心地哈哈大笑起来。

可是还没等魏文侯的笑声停下，一个叫任座的大臣却不紧不慢地说："您派军队占领了中山国，却不按照法律把中山国封给自己的弟弟，却封给

了自己的儿子,这怎么能算是有贤德的君主呢!"

魏文侯听到任座的这几句嘲讽后,立时大怒,狠狠地瞪了任座一眼,把酒杯"啪"的一声放到了桌子上。大臣们被吓得连大气儿也不敢出,任座也有点儿害怕了,他低着站起身来,离开宴席,退出了大堂。

看着任座出去了,魏文侯稍稍消了点气儿。又沉默了一会儿,魏文侯问翟璜:"你觉得我是个好国君吗?"

翟璜恭敬地说:"您是一位好国君。"

魏文侯接着又问他:"你说我是位好国君,有什么理由吗?"

翟璜回答说:"我听说,古往今来的君主,如果他贤德的话,那他手下的大臣就会敢于说真话,说直话,不怕得罪君主后会遭到杀身之祸。就凭刚才任座那么直言说您,您却没有怪罪他,我就知道您是一位让人敬仰的好国君了。"

魏文侯听到翟璜的这一番话,立刻就转怒为喜了,哈哈大笑起来,马上下命令说:"来人啊,快去把任座给我请回来!"

任座被请回来后,魏文侯亲自走出大堂,走下台阶来迎接他,并且向任座道歉说:"刚才是我没礼貌,请您原谅!"

任座赶紧说:"不敢,不敢。"

魏文侯笑着请任座重新走进大堂,请任座坐在了贵宾的席位上。大臣们见原来的不愉快都已经雨过天晴了,就都重新开心地喝起酒来。

魏文侯 魏文侯是魏国历史上最有作为的君主之一,他才德兼备,身边聚集了很多治国贤才。三家分晋后,赵国和韩国都想消灭对方,他们都派了使者来劝说魏文侯,希望和魏文侯结盟,灭掉对方,瓜分对方的土地。魏文侯拒绝了赵国和韩国的建议,他劝说赵国和韩国放弃斗争,建议魏、赵、韩三个国家联合起来,共同对付其他国家,继续维护原来晋国时期创立的霸业。赵国和韩国都接受了魏文侯的调节,之后三个国家和平相处了将近一百年。

聂政刺侠累

赵、魏、韩三个家族被周天子封为诸侯三年后,韩国的国君韩景侯去世了,他的儿子韩烈侯成为了新国君。

这时,韩国有两个非常有势力的大臣,他们是严仲子和侠累,这两个人为了争夺权力经常斗争。侠累是韩烈侯的叔叔,经常在韩烈侯跟前说严仲子的坏话,严仲子怕自己遇到危险,就逃离了韩国,到各个国家去寻找刺客刺杀侠累。

后来严仲子来到了齐国,有一个人对他说:"我们这里隐居着一个武功非常厉害的侠客,叫聂政,现在正在市场里当屠夫呢。"

严仲子听说后,就赶紧打听关于聂政的消息,他听说聂政的母亲就要过大寿了,就准备好了非常贵重的礼物,在聂政母亲大寿这天去聂政家祝寿。

聂政看见严仲子送给他母亲那么多贵重的礼物,心里非常感激严仲子,但是他坚决辞谢了严仲子的好意,没有接受严仲子的礼物。聂政留严仲子在家里一起喝酒。

严仲子问聂政:"聂大侠你武功高强,凭你的本事,一定可以得到荣华富贵,为什么只是当一个屠夫呢?"

聂政说:"我本来是魏国人,因为路见不平,杀了一个恶人,才带着母亲和姐姐逃到了齐国,太张扬的话,我怕会遭到仇人的报复,连累到我的母亲和姐姐,所以这才隐姓埋名做起了屠夫。"

严仲子叹了口气说:"我们都差不多啊。我原来是韩国的大夫,受到了宰相侠累的迫害,才逃离了韩国,后来我去了很多国家,一心寻找刺客,刺杀侠累,可惜一直都没有找到合适的刺客。"

聂政没有说什么，只是向严仲子敬酒。

从这以后，严仲子和聂政成为了知己。过了一段时间，聂政的姐姐聂荌(àn)嫁人了，聂政的母亲也去世了，聂政为母亲守丧三年。三年后，聂政去见严仲子说："我可以为你报仇了！"

严仲子说："我还是再找别的刺客吧，我不忍心让你去送死。"

聂政说："大丈夫不能不遵守承诺。其实，你在为我母亲祝寿的那天，我就在心里答应为你报仇了，只是那时候，我母亲还活着，我要留着性命养活母亲，现在她去世了，我也已经服完丧了，是时候该履行承诺，为你报仇了。能够为知己去死，也是一种荣幸。"

严仲子感动地流下了眼泪，他拍着聂政的肩膀说："我这一生，能够有你这样一位知己，真是死了也没有遗憾了。我再派几个人帮助你吧。"

聂政说："不用了，还是我一个人去吧。"

第二天，聂政一个人骑着马，带着长剑，向韩国奔去。

公元前397年的一天上午，韩国宰相侠累正坐在宰相府的大堂上，他的身边和院子里都站满了拿着武器的侍卫。聂政拔出长剑，杀了宰相府的几个看门的，直接就冲向了大堂，就在宰相府的侍卫们还在惊呆的时候，聂政已经像闪电一样冲到了侠累的面前，一剑刺穿了他的胸膛，侠累立刻死去。回过神儿来的侍卫们都来攻打聂政，聂政挥舞长剑，

杀死了几十个侍卫。但是宰相府的侍卫实在是太多了，聂政知道自己不可能逃掉了，就自己用剑划烂了自己的脸，刺向自己的肚子，悲壮地牺牲了。

聂政牺牲后，韩国人把他的尸体扔到大街上，贴出告示说：有谁能认出刺客是什么人的话，重重有赏。

后来聂政的姐姐聂荌听说了这件事，她说："那个人一定是我弟弟聂政，一定是他为了报答严仲子的恩情，为他杀死了侠累，我要亲自到韩国去看看。"

聂荌来到韩国的大街上，看到了刺客的尸体后，就抱着尸体大哭起来说："真的是我弟弟聂政啊！"

街上的好心人劝聂荌说："这是刺杀韩国宰相的刺客，你怎么还来相认啊，他们会把你抓起来，杀死你的。"

聂荌说："我知道，但是这个人是我的弟弟啊。他是一定是怕暴露了自己的身份后，把我连累了，这才划烂了自己的面目，让别人认不出他来。但我怎么能够因为保护自己就让我弟弟的英名埋没了呢？你们要记住，这个是我弟弟，他叫聂政！"

聂荌说完这些话后，大喊三声"天啊"，就悲痛地死去了。很多围观的人，都被聂政和聂荌这姐弟俩的事迹感动得掉下泪来。

几天之后，聂政的大名就传遍了全天下，他的侠肝义胆，赢得了全天下人的敬重。

三 年 之 丧

古代的丧葬礼仪规定，父亲或母亲去世以后，儿子要为父母守丧三年，如果是官员的话，也要辞去官职回家为父母守丧。在服丧的时候，要吃素食，不可以结婚，不能穿颜色鲜艳的衣服，也不能够离开家乡。在当时的社会，孝道是被放在第一位的，一个人如果能规规矩矩地为父母守丧三年，就会得到大家的尊敬和赞美。

商鞅变法

聂政死了二十年后，也就是公元前369年，魏国迎来了一位新国君，他就是魏惠王。魏国的宰相叫公叔座，公孙座的手下有一个非常年轻的小官叫商鞅(yāng)，公孙座正想向魏惠王推荐商鞅时，公孙座就病倒了。

公孙座病倒后，魏惠王亲自来公孙座家里看望他，魏惠王趴在床边问公孙座："如果您不幸去世后，咱们国家怎么办呢？"公孙座说："臣手下有个小官叫商鞅，虽然他非常地年轻，但是很有才干，希望我死了以后，您能让他当魏国的宰相。"

魏惠王嘿嘿地笑了起来，他以为公孙座病糊涂了，才这么说。

公孙座见梁惠王不相信自己说的话，就嘱咐他说："如果您不想让商鞅当宰相，那就一定要杀了他，千万不要让他离开魏国。"魏惠王随便答应了一声说："嗯，知道了。"说完就离开了。

魏惠王出了公孙座的家门后，对身边的人说："宰相真是病糊涂了，竟然让我把国家交给一个小孩子管理，可真是荒唐啊。"

魏惠王走了以后，公孙座又把商鞅叫来说："今天大王来看望我，问我死了以后，谁可以当宰相，我对大王说你可以，但是看大王的样子，根本不想让你当宰相。我就又对大王说，如果不能用你当宰相，就一定要杀了你，大王答应了。你还是赶紧逃走吧，不然你会没命的。"商鞅说："大王既然不听您的话让我当宰相，又怎么会听您的话杀了我呢？"

公孙座去世后，魏惠王没有让商鞅当宰相，也没有杀了商鞅，在魏惠王的眼里，商鞅只不过就是一只小小的蚂蚁。

过了一段时间，商鞅听说秦国的国君秦孝公正在招募人才，他就收拾好下

行李,来到了秦国。

商鞅到秦国见了秦孝公四次,和秦孝公谈了四次话后,他受到了秦孝公的信任和欣赏。秦孝公决定让商鞅在秦国变法,好让秦国迅速强大起来。

商鞅认为,想变法的话,首先就要得到老百姓的信任。所以他就在秦国都城的南门那儿竖了一根三丈高的大木头,在木头旁边他贴了一张告示说:谁能把这根木头搬到北门去,就奖赏他十两黄金。

百姓们都围着告示和大木头观看,但是没有人相信这是真事,也没有人愿意搬走大木头。

商鞅见没有人肯搬木头,就又贴了一张告示说:谁能把这根木头搬去北门,就奖赏他五十两黄金。

这时,有个人看到奖金这么多,就想试一试,他把大木头从南门搬到了北门。商鞅立刻就奖赏了他五十两黄金。其他百姓看到后,都非常羡慕,后悔自己没有搬木头。从此以后,百姓们都相信了商鞅说的话。

秦国开始实行变法,秦国迅速富强起来了。

公元前340年,商鞅率领秦国军队,又联合赵国军队,一起向魏国进攻,占领了魏国很大一片土地。

魏惠王懊恼地说:"我真后悔当初没有听公孙座的话啊。"

商鞅变法后,使秦国拥有了灭掉其他国家、统一中国的实力。

魏 惠 王 时 期 的 魏 国

魏惠王刚成为魏国国君的时候,在宰相公孙座的辅佐下,他把魏国治理得很好,后来他又得到了庞涓,庞涓率领魏国军队曾打败了不少国家,使魏国十分强盛。但是自从庞涓被齐国的孙膑打败后,魏国开始走向衰落。秦国不断派军队进攻魏国,占领了魏国七百多里土地。楚国也来进攻,占领了魏国好几座城市。

死于变法的商鞅

商鞅变法的时候，主张用法律来治理国家，他的主张虽然很好，但是他制定的法律实在太多了，使秦国百姓们每天都生活在恐惧里，大家都怕一不小心做错了什么，就犯了法，被砍去双脚或是割掉鼻子。

一次，秦国的太子不小心触犯了商鞅制定的法律。商鞅打算按照法律来惩罚太子，但是也有法律规定，太子如果犯了法，是可以不受法律惩罚。所以商鞅就惩罚了太子的老师。从此以后，太子就在心里埋下了仇恨商鞅的种子。

公元前338年，秦孝公去世，太子成了秦国的新国君，史称秦惠王。

秦惠王刚当上秦国国君后，就有人来向他告状说："商鞅正准备谋反呢。"

秦惠王本来就很仇恨商鞅，现在有人告发商鞅谋反，正好给了他一个杀掉商鞅的理由。所以秦惠王立刻派人去抓捕商鞅。商鞅听到消息后，赶紧逃跑了。秦惠王就下令,在全国通缉商鞅。

商鞅逃到边关的时候,想到旅店里歇一歇,旅店的老板不知道面前的这个灰头土脸的人是商鞅。他问商鞅:"你有身份证明吗?"

商鞅说:"我出门的时候,走得太急了,忘了带了。"

旅店老板说:"那对不起了,我不能让你住店,商鞅制定的法律规定如果旅店让没有身份证明的人住店,就是犯法。我可不想犯法,你还是去别的地方吧。"

商鞅走出了旅店,叹了一口气说:"哎,想不到我当初制定的法律,现在却害了自己。"

后来,商鞅逃到了魏国。魏国人也早就恨死了商鞅,有大臣对魏国国君说:"商鞅是秦国的通缉犯,我们魏国不能得罪秦国,不如把商鞅抓起来,把他送给秦国人吧。"

魏国国君说:"嗯,好,商鞅原来帮助秦国人欺负我们,现在秦国人却要杀了他,也算是帮我们报仇了,商鞅落到今天这样的下场,真是活该!"

魏国人就抓住了商鞅,把商鞅押送回了秦国,狡猾的商鞅找到个机会又从秦国逃脱了。秦惠王听到消息后,立刻派军队去追击商鞅,最后秦国军队在那个叫郑的地方杀死了商鞅,把他的尸体带回了秦国给秦惠王看。虽然商鞅已经死了,可是秦惠王还是难消心头之恨,他又派人把商鞅"五马分尸",并且下命令杀死商鞅家里所有的人。

五 马 分 尸

五马分尸,也叫做车裂,是古代的一种很残忍的刑罚。施刑的时候,犯人的四肢和脖颈都被套上绳索,然后由五匹马分别向不同的方向拉扯,直到犯人身首异处。这种刑罚通常是用来惩罚罪行特别严重的犯人。商鞅曾制定了很多严刑峻法,他自己最后却死在了天下最残酷的刑罚下。

孙膑名扬天下

　　魏惠王虽然失去了商鞅这个人才,但是后来,他又得到了一个人才,这个人才就是庞涓。魏惠王让庞涓做了将军后,魏国军队打败了很多国家。

　　庞涓有一个同学叫孙膑 (bìn),他们都是鬼谷子的学生。孙膑是齐国人,他的祖先就是孙武。庞涓和孙膑一起学兵法的时候,关系非常好,孙膑是师兄,庞涓是师弟。

　　庞涓学习完兵法后,将要回魏国,他和孙膑告别的时候说:"我回到魏国后,如果能坐上将军,一定写信邀请你去魏国,和我一同享受荣华富贵。"

　　庞涓回到魏国后,因为才能出众,被魏惠王封为将军。庞涓就写信把孙膑请到了魏国,两人见面后,又切磋起了兵法,庞涓发现分别的这段日子,孙膑的才能又比自己高出了一大截。庞涓心里非常嫉妒孙膑,他在心里说:"我才是天下无敌的将军,绝对不能让孙膑的名气超过我。"庞涓就设计陷害孙膑,诬陷孙膑犯了法,然后派人砍掉了孙膑的双脚,把他关押了起来。

　　过了一段时间,齐国使者来到了魏国。孙膑偷偷地见到了齐国使者,把自己的身世和遭遇都告诉了齐国使者。齐国使者就偷偷地把孙膑装在车子里,带回了齐国。齐国将军田忌和孙膑见了面,交谈过后,田忌十分欣赏孙膑的才能,就把他留在了身边。

　　有一天,田忌和齐国国君齐威王赛马,田忌总是输给齐威王。孙膑走上前来对田忌说:"我有办法让您赢得比赛。""什么办法?"田忌赶紧问。

　　孙膑说:"你用你的下等马和齐王的上等马比赛,再用你的中等马和齐王的下等马比赛,最后用你的上等马和齐王的中等马比赛。那就一定会赢。"

　　田忌照着孙膑的方法做了，结果三场比赛，田忌的马赢得了两场，最后田忌赢了齐威王。

　　齐威王很奇怪比赛一直输的田忌，怎么突然就反败为胜了，他问田忌："你用什么方法取胜的啊？"

　　田忌笑着说："都是孙膑教我的方法。"田忌说着，就把孙膑介绍给了齐威王。

　　齐威王和孙膑交谈了一会儿后，非常吃惊，他对孙膑说："没想到我们齐国竟然还有你这么厉害的人才！"接着，齐威王就让孙膑做了齐国的军师。

　　不久，魏国攻打赵国，赵国派人来向齐国求救。齐威王命令田忌和孙膑率领军队救援赵国。孙膑对田忌说："现在，魏国大将庞涓正率领精锐部队攻打赵国，魏国国内空虚，我们不如直接率领军队去进攻魏国，庞涓听到消息后，一定会从赵国撤兵，回去救援魏国的。这样一来，不就解救赵国了吗？"

　　田忌说："嗯，好办法，就照你说的做。"

　　田忌和孙兵率领军队立刻向魏国前进，庞涓听到消息后，连忙从赵国撤出军队，连夜赶回魏国，当庞涓的军队，非常劳累地走到魏国一个叫桂陵（今河南省长垣县西北）的地方时，被埋伏在这里的齐国军队打败。这就是历史上非常著名的"围魏救赵"。

　　十三年后，魏国又联合赵国进攻韩国。韩国向齐国求救。齐威王又派田忌和孙膑救援韩国。庞涓听说齐国军队又来了，赶紧率领军队回魏国，他回到魏国后，齐国军队已经开始撤退了，庞涓赶紧率兵追击齐国军队。

孙膑对田忌说："魏国军队一直十分骄傲自大，齐国军队却一直被人们认为很胆小。现在我们退兵的时候，第一天要在营地留下十万个炉灶，第二天留下五万个炉灶，第三天留下三万个炉灶。到时庞涓一定认为我们是在狼狈地逃跑，那他就会拼命地追赶我们，不会再有戒心。那时，我们就能一举打败魏国的军队了。"田忌说："好计谋，就这么办！"

庞涓带领军队一直追击了齐国军队三天，当第三天，他看到齐国军队留下的炉灶只有三万个时，非常兴奋地说："齐国人果然是一帮胆小鬼啊，才过了三天，他们军队的士兵就逃跑了一多半。哈哈，我们要赶紧追上去消灭他们，要不然还没等我们追上呢，他们自己就逃光了。"

庞涓说完就下令让步兵在后面慢慢追赶，他自己先率领骑兵追赶齐国的军队。当天夜里，庞涓率领军队赶到了一个叫马陵的地方，有士兵通过火把的亮光，看到了路边的树上刻着一行字，士兵报告庞涓说树上有字，庞军就骑马来到了树前观看，只听他念出了树上刻着的字："庞涓死在这棵大树下。"他刚念完，埋伏在山谷和路边的齐国军队喊杀了起来，数万支弓箭像大雨一样射向魏国军队，魏国军队立刻就大乱起来，被马踩死的和被弓箭射死的人，数也数不过来，庞涓知道自己这回跑不掉了，只好绝望地自杀了。

历史上把这一战，称为"马陵之战"，这一战后，孙膑名扬天下。后来，孙膑也写了一部兵书，叫《孙膑兵法》。

鬼谷子的名字叫王诩，是春秋时代的卫国人，曾经做过楚国的宰相，后来辞了官，来到一个叫鬼谷（在今江西省贵溪市境内）的地方隐居，一边著书一边招收学生传播知识，所以人们就把他称为鬼谷子。他的学识非常非常的渊博，人们都把他当作活神仙，相信他活了一百多岁。他流传后世的著作就叫做《鬼谷子》。

鬼谷子

孟子见齐宣王

　　齐威王去世后,他的儿子齐宣王成为了齐国的新国君。齐宣王和他父亲一样,也是一位很贤德的国君。

　　到了战国时代,孟子继承了孔子的学说,成为了儒家的代表人物。孟子也像孔子一样,周游列国,到处去宣扬自己的学说。有一年,孟子来到了齐国。齐宣王早就听说了孟子的大名,所以给了孟子一栋大房子住,而且经常接见孟子。

　　有一天,齐国的大臣庄暴来见孟子,对孟子说:"我刚才去见大王,大王说他喜欢听音乐,我就什么都没说出来。请问大王喜欢听音乐怎么样呢?"

　　孟子说:"大王喜欢听音乐的话,那也许就代表齐国治理得挺好了。"

　　过了几天,孟子去王宫里见齐宣王,他问齐宣王:"庄暴跟我说,大王您最近特别喜欢听音乐,是吗?"

　　齐宣王说:"嗯,是啊,不过我不喜欢听过去的那些老歌,我喜欢听新的歌曲。"

　　孟子说:"大王喜欢听音乐,就代表齐国被治理得挺好了,今天的新音乐也由过去的老音乐发展而来的啊。"

　　齐宣王说:"是吗?那你给我讲讲。"

　　孟子问齐宣王:"请问大王,是您一个人听音乐快乐,还是和别人一起听音乐快乐啊?"

　　齐宣王说:"和别人一起听更快乐。"

　　孟子又问:"那您是和少数人一起听音乐快乐,还是和多数人一起听音乐更快乐呢?"

齐宣王说:"当然是人越多,一起听音乐更快乐啦。"

孟子说:"就是这样啊,如果就像听音乐一样,您在享受快乐的生活时,也能想着百姓,让齐国的百姓也都过上幸福快乐的生活,那您不是更幸福快乐吗?如果您能做到和百姓一同快乐,那您就天下无敌了。"

虽然孟子每次见齐宣王,都给齐宣王讲了很多大道理,但是齐宣王还是不能施行孟子的学说。

孟子是一个非常有骨气的人,从来不怕得罪有权势的人。

后来,孟子又进王宫见齐宣王,他问齐宣王:"大王,如果您有一个大臣,他把自己的老婆和孩子交给朋友照顾,自己跑到楚国去游玩,等他回来的时候,老婆和孩子都被冻得生病了,那他该怎么做呢?"

齐宣王说:"那就跟他朋友绝交。"

孟子又问:"如果您的大臣管理不好自己的手下,您打算怎么办呢?"

齐宣王非常坚决地说:"那我就免他的官!"

孟子继续又问:"那如果齐国治理得不好呢,该怎么办啊?"

齐宣王知道孟子在指责自己,他如果再接着说的话,就只能说"把国君赶下王位"了,所以齐宣王就呵呵一笑,转开话题说:"啊哈,你看今天的天气真好啊。"

孟子没有再说什么。

孟子的一生和孔子一样,没有国君愿意接受他的学说。后来孟子和他的学生们一起编写成了《孟子》这部书,流传后世。孟子被后人尊称为"亚圣"。

齐
宣
王

　　齐宣王是齐国历史上比较有作为的一代国君,他不惜重金招集天下的贤才都来齐国,很多当时名满天下的人物,都曾来见过齐宣王。他设立了一个专门安置所有贤才的地方,叫做稷(jì)下学宫,稷下学宫里曾聚集过数百位宣扬各种学说的人才,稷下学宫成为当时天下各种学说交融的地方,这在当时是一件盛事。

颜斶威武不屈

　　齐国有个叫颜斶（chù）的人，齐宣王特别想见一见他，就派人去请颜斶到王宫里来。颜斶进了王宫，来到了大殿上。齐宣王想仔细看清颜斶的容貌，和颜斶近一点说话。所以他高声对颜斶说："颜斶，走近点儿！"

　　没想到，颜斶却同样高声说："大王，走近点儿！"

　　齐宣王见颜斶这么不给自己面子，心里很不高兴。

　　大殿上的齐国大臣责备颜斶说："大王，那是我们的君主，你颜斶，不过是一个臣子。大王让你走近点儿，你却反过来让大王走近点儿，世上有这种道理吗？你也太无礼了吧！"

　　颜斶严肃地说："我颜斶如果走近点儿，那就是趋炎附势，而大王走近点儿，却是礼贤下士。与其让我趋炎附势，不如让大王礼贤下士，这样的话，既不会有损我的美德，又会彰显大王的美德，这不是两全其美了吗？"

　　齐宣王忍不住大怒，问颜斶："在这世界上，是君主尊贵，还是士人尊贵啊？"

　　颜斶直言回答说："士人尊贵，君主不尊贵！"

　　齐宣王又问："你凭什么这么说？"

　　颜斶说："曾经秦国来攻打我们齐国，秦王对军队下命令说'谁要是敢去柳下季坟墓附近砍柴，就立斩不赦'，另外秦王又对军队下命令说'谁要是能斩下齐王的脑袋，就封他万户侯，奖赏他两万两黄金'。从这就可以看出来，活着的君主的脑袋，还没有死去的士人坟墓旁的树木重要。这难道不是士人比君主更尊贵吗？"

　　齐宣王被颜斶这番话给顶得哑口无言。

　　大臣们一见齐宣王被颜斶给气得说不出话了，就纷纷大声对颜斶说："颜斶，走近点儿！颜斶，走近点儿！我们大王是拥有数千辆战车的大国君主，东南西北谁敢不服从！我们大王想要什么，就能得到什么，全国上下的臣民，谁敢不听从大王的命令！当今天下，有见识、有才德的人，都争着来为我们大王效命。现在，即使是被天下称为才德高尚的士人，也是和匹夫一样，到处步行着走路，和农夫一起下地耕田，生活在一些贫穷脏乱的地方，可见，你们士人实在是太低贱了！"

　　颜斶扬眉反驳他们说："你们说的全错了。我听说在大禹的时代，天下有将近一万个诸侯国，为什么呢？那是因为诸侯们都很贤德，尊重士人，得到士人的帮助。所以舜帝，从当一名农夫做起，最终成为了天子。到了商汤王时期，天下的诸侯国剩下了三千。到了今天，天下诸侯国只剩下了二十四个。这就证明了，君主能不能尊重士人，能不能得到士人的帮助，决定着一个国家的兴盛和灭亡。国家如果灭亡了，那些国君就是想当一个农夫也当不成啊。舜帝、大禹王、商汤王、周文王、周武王，这些人能成为天子，建立不朽的功业，都是因为尊重士人，得到了士人的帮助，所以才被我们后代人当成圣人和英明伟大的君主。怎么能说士人是低贱的呢？"

齐宣王听了颜斶这一番充满正义和激情的言辞，心里对颜斶肃然起敬，他感叹说："哎呀！我真是自取其辱啊！我今天听您颜先生一席话，真是比读十年书还长见识啊，请让我做您的学生吧！请您留在我这里，我会让您做大官，吃山珍海味，乘坐最豪华的车子，让你的妻子和孩子都穿上美丽的丝绸衣服，住上宽大明亮的房子！"

颜斶微微一笑，向齐宣王拜了一拜，辞谢说："美玉生长在深山的石头里，如果把它雕刻成精美的艺术品，虽然它变得更宝贵了，但是却失去了它本来自然的面貌；士人生活在自由的民间，如果让他做了官，虽然他的身份变得更尊贵了，但是却失去了他自由的天性。所以对于大王的好意，我心里非常地感激，但是我还是最喜欢回到家乡去。即使吃着粗茶淡饭，我也会当吃肉那么美味；即使是到处行走，都靠着自己的两只脚，我也会当成是乘坐车子那么舒适；我会把不触犯任何法律和不做任何违背良心的事，当成是做人的富贵；我会把安静清淡的生活，当成是人生的最大快乐。如何对待忠言，是大王您的事情，说出全部忠言是我颜斶的事情。现在我已经把我要说的都说完了，希望大王您能准许我回归家乡，回到我父母妻儿和乡亲朋友们身边，那我就感激不尽了。"

齐宣王见颜斶回家的心意很坚决，就没有强留他，恭敬地把颜斶送出王宫，准许他回家乡了。

大丈夫 孟子说："富贵的时候，也不奢侈骄横；贫困的时候，也始终不改变自己高尚的志向；受到有权势的人压迫时，也不屈服。这样的人，才算是真正的大丈夫！"不向有权势的人屈服，就叫做"威武不屈"。颜斶即使是面对着齐宣王那样的有权势的人，也始终高昂着自己的头颅，丝毫不向对方卑躬屈膝，维护了自己的尊严。当齐宣王要给他别人都梦想的荣华富贵时，他却没有接受。像颜斶这么有骨气的人，才真是一位大丈夫啊！

燕昭王聘贤

公元前 314 年,燕国发生了内乱,齐宣王趁机派兵攻打燕国,占领了燕国的首都,抢走了燕国的很多国宝才撤兵。

齐国军队撤走以后,燕国人有了一位新国君,他就是燕昭王。燕昭王成为国君后,看着贫穷和衰弱的国家,心里非常难过。他下决心一定要让燕国富强起来,将来找齐国报仇雪恨。

燕昭王知道,要想让国家强大起来,首先就要有治理国家的人才,所以他发布命令到处招集人才,但是过了一段时间,他一个人才也没有找到。这时有个人对燕昭王说:"咱们国家的老臣郭隗(wěi)很有见识,您去问问他吧,看他有什么办法。"

第二天,燕昭王就来到了郭隗家里,他对郭隗说:"我想让国家强大起来,然后找齐国报仇,您有什么方法帮助我得到治国的人才吗?"

郭隗说:"臣也没遇到过十分有才能的人,没有现成的人才介绍给您,但是臣可以给您讲一个故事,希望能帮助到您。"

燕昭王:"好,那您讲吧,我听着。"

郭隗说:"很久以前,有一个国君,他特别喜欢千里马,所以派人到处去给他找千里马,但是整整找了三年,都没找到。后来有个大臣听说很远的一个地方,有一匹千里马,他就跟国君说'请给我一千两金子,我一定帮您把马买回来',国君很高兴,就给了那个大臣一千两金子派他去买马。可是那个大臣到了卖马的那个地方时,千里马已经死了。那个大臣怕自己空手回去后,会被国君责骂,所以就用那一千两金子买下了千里马的骨头。当国君看到那个大臣

买回来的是堆骨头后，非常生气地骂那个大臣说'我让你去给我买千里马，谁让你买死马的骨头了'，那个大臣却不急不忙地说'如果人们听说您连死的千里马都肯花大价钱来买，还怕别人不争着把活的千里马卖给您吗'。国君半信半疑，就没有继续责骂那个大臣。国君花了一千两金子买千里马骨头这件事被传开了后，人们都知道了国君是珍惜千里马的人，不到一年，各地的人们就给国君送来了好几匹千里马。"燕昭王认真地听着这个故事，思索了起来。

郭隗又说："如果您想得到人才的话，那就先把我当成千里马的骨头来试一试吧。"

燕昭王立刻明白了郭隗讲的故事的意思，他回到王宫后，立刻就下令给郭隗建造一幢豪华的房子住，而且他还拜了郭隗当老师。这件事情传开后，其他国家的人才都知道了燕昭王重视人才，所以都来到了燕国。不久，燕昭王手下就聚集了一大批人才，在这些人才中，最厉害的一个人叫乐毅，他是从赵国来的。

经过燕昭王的努力，燕国终于强大了起来。而这时候的齐国呢，齐宣王已经去世了，他的儿子齐闵王已经成为了齐国的国君，齐闵王派军队到处攻打别的国家，所以很多国家都开始仇恨齐国。

公元前284年，燕昭王让乐毅当将军，联合秦国、赵国、韩国和魏国一起出兵，攻打齐国，齐国被打得大败，连都城也让燕国军队占领了，齐国的国宝都让燕国军队运到了燕国。燕昭王终于实现了让国家强大起来的梦想。

燕 昭 王 之 前 的 燕 国

燕昭王的父亲叫做燕王哙，燕王哙有一个宰相叫子之，燕王哙非常信任他。燕王哙非常想得到像尧和舜那样的美名，所以他就听信了谗言，打算把自己国君的位子让给子之，让子之做燕国国君。后来子之掌握了燕国的政权，燕王哙在子之面前反而像是个臣子一样。燕国太子发兵攻打子之，齐宣王就趁机派军队攻入了燕国。

田单复国

　　乐毅率领燕国军队进攻齐国后，一口气占领了齐国七十多座城市，最后只剩下莒（jǔ）城（今山东省莒县）和即墨（今山东省平度市东南）两座城市没有被燕国军队占领，如果再让燕国军队占领了这两座城市的话，那齐国就会灭亡了。

　　田单本来是齐国一个看管菜市场的芝麻小官，燕国军队打来后，田单带着全家人逃到了即墨这座城市。后来，燕国军队又打到了即墨，即墨的守城将军决定率领军队出城跟燕国军队决一死战，田单劝他不要这样，那个守城将军没有听从田单的话，率领军队出城攻打燕国军队，结果被燕国军队杀死了。即墨的守城将军死了以后，即墨城的百姓就推举田单做了守城将军。

　　田单积极动员百姓们守城，他把自己的家人也编入了军队里守城。

　　齐国国君齐闵王逃到莒城后，就被大臣杀死了。莒城的百姓们就推举齐闵王的儿子法章当齐国国王，史称齐襄王。

　　田单率领齐国百姓们守卫即墨，齐襄王率领齐国百姓们守卫莒城，乐毅带领燕国军队围住这两座城市，一直攻打了好几年也没有攻进去。

　　就在这时，燕昭王去世了，他的儿子燕惠王成为了燕国的新国君。田单听说乐毅和燕惠王从前就有过节，两人关系不太好。所以田单就派人到燕国散布消息说：“齐王都已经死了，齐国就剩下两座城市了。乐毅不是占领不了这两座城市，只是他不想去占领，因为他想先在齐国收买人心，然后就在齐国当国王，他根本就不想再回燕国了。现在齐国人就怕燕王派其他的将军代替乐毅来攻打齐国，那样的话，齐国连最后的两座城市也保不住了，齐国就会灭亡。”

　　燕惠王听到了这些消息后，心里就对乐毅产生了怀疑，他把乐毅叫回了燕

国，又派没有多少才能的骑劫代替乐毅去齐国当将军。乐毅被燕惠王叫回燕

国后，心里很失望，就回到了自己的祖国赵国，燕国的将士们听说乐毅被燕惠

王气走了，心里都很气愤。

骑劫到了齐国后，就率领军队进攻莒城和即墨。田单假装宣称说："齐国

人最害怕燕国军队把抓到的齐国俘虏，割掉鼻子后，再强迫他们走

在燕国军队前面，向即墨进攻。那样的话，守卫即墨

的齐国军队就一定会打败仗。"

燕国人听说后，果然就割

掉了俘虏的鼻子，强迫他们出

战。即墨的守城

将士看到这一情

景后，心里都非常

愤怒，个个都发誓要

誓死守卫即墨，绝不当

逃兵和俘虏。

田单又假装宣称

说："我们齐国人最害怕

燕国人放火烧了城外我

们祖先的坟地，那

样的话，我们齐国

人就都没有斗志了。"

燕国人听到这个消

息后，又把齐国人在城

外的坟地都扒开，把坟

墓里的死人都拖出来,然后放火烧尸体。即墨城上的齐国将士和百姓们,看到自己亲人们的尸体都被燕国人放火烧了,都恨得咬牙切齿,都向田单请求出城去和燕国人决一死战,为亲人们报仇雪恨。

田单知道是时候反击了,他动员即墨城里所有可以拿起武器的男女老少,让自己的妻子和儿女也加入到军队里,命令大家准备好,随时反击燕国军队。

这时,田单又号召即墨城里的所有百姓募捐了两千多两黄金,他派人把这些黄金交给城外的燕国将军,就说田单请求向燕国投降了。燕国将军听说田单要投降了,心里非常地兴奋,就放松了警惕。

这天夜里,田单把即墨城里的一千头牛,都画成五彩的颜色,在牛犄角上绑上刀子,在牛尾巴上浇上油,然后他命令军队凿开城墙,打开城门,再用火点燃牛尾巴,一千头牛就疯了一样向燕国军队冲去。田单又派五千军队跟在火牛群后面冲向燕国军队,火牛群冲进了燕国军队的军营后,燕国军营立时就变成了一片火海,燕国士兵被牛踩死的、被牛角上的刀子刺死的,数也数不清。火牛后面的五千齐国军队又攻打过来,燕国军队一下子就乱套了,不是逃跑就是被杀死。

田单率领军队乘胜进攻,杀死了燕国将军骑劫,收复了齐国的所有土地,把燕国人赶回了燕国。田单又派人把齐襄王迎接回齐国都城,英勇的田单,解救了自己的国家。

乐毅

乐毅被燕惠王气走后,回到了赵国。骑劫被田单打败后,让燕昭王和乐毅辛辛苦苦得来的巨大胜利,立时就灰飞烟灭了。田单打败燕国军队后,燕惠王非常后悔自己赶走乐毅,他又写信劝乐毅重新回到燕国,乐毅没有回去,他还是留在了赵国,从此成为了沟通燕国和赵国的使者,燕惠王就封了他的儿子乐间为昌国君。

苏秦悬梁刺股

在燕国和齐国为了报仇打得不可开交的时候，天下出了一位奇才，这个人就是苏秦。

苏秦是东周国的人，家住洛阳。少年时他从家里带上不少钱去齐国找老师学习知识，后来他拜了孙膑的老师鬼谷子当老师，苏秦成为鬼谷子的学生时，孙膑都已经离开鬼谷子那儿了。

在鬼谷子那儿学习了一段时间，苏秦沾沾自喜地对自己说："老师教我的东西，我都已经学会了，该下山去找个大官当当了。"所以他告别了老师鬼谷子，下山了。

但是，由于苏秦的学问还不算高，他东颠西跑了好几年，一点儿收获都没有，连身上的钱也花光了。他只能灰溜溜地回家了。

苏秦回到家后，他的兄弟、嫂子、妹妹和老婆都笑话他，嘲讽他说："我们都是种地的，还有做工或是做买卖的，你却什么都不想干，整天地好吃懒做，还想靠一张嘴和一条舌头得到荣华富贵，这不是白日做梦嘛！怎么样，到了外面不行了吧，花光了钱不是还得回家来种地，你说你瞎折腾什么啊！"

每次家里人这么笑话他的时候，他都一句话也不说，满脸通红地听着，但他在心里却发誓说："我将来一定要成功，让你们为今天说过的话感到后悔！"

苏秦就把自己一个人关在屋子里，找出书本来重新学习，后来他找出了一本叫《阴符》的书，开始刻苦钻研起来。晚上看书的时候，他把自己的头发拴在从房梁垂下的绳子上，又在桌子旁边准备了一只锥子。当他一打瞌睡的时候，绳子就会拉紧他的头发，把他拉醒，这一招使完，他还犯困的话，他就用

锥子扎自己的大腿，扎疼了，他就精神了，然后继续读书。就这样，刻苦读了一年，他推开了自己的房门，自信地说："现在我可以靠这张嘴得到荣华富贵了。"

苏秦先求见的是自己国家的国君周显王，周显王因为早就听说苏秦原来出去了一趟，花光了钱，什么都没得到就回来了，所以他很看不起苏秦，就不信苏秦说的话。

苏秦只好离开周国去秦国，因为刚刚成为秦国国君的秦惠王很讨厌辩士，他也不相信苏秦说的话。

苏秦来到赵国，赵国宰相不喜欢苏秦，苏秦只好又离开赵国。

苏秦离开赵国，来到了燕国，等待了足足一年，才见到了燕国国君，燕国国君相信了苏秦，他派苏秦带着金银珠宝再去赵国，这时赵国的宰相已经死了，赵国国君接见了苏秦，赵国国君非常喜欢苏秦说的话，赏给了苏秦很多财宝。苏秦又来到韩国，又去了魏国、齐国、楚国，这些国家的国君都很相信苏秦，他们都接受了苏秦的建议，组成联盟，称为"合纵"，一起对付秦国。苏秦成为了燕、赵、韩、魏、齐、楚六个国家的宰相，被称为"纵约长"，成为了当时天下间最有名气的人物。

后来，苏秦又去赵国时，路过自己的家乡洛阳，周显王亲自出城来迎接苏秦。苏秦的兄弟和嫂子们也都出城来跪在路边迎接苏秦。苏秦穿着非常华丽的衣服，佩戴着非常名贵的玉佩，他问他嫂子："为什么上一次我回来时，你那么看不起我，我这次回来，你却又这么尊敬我啊？"他的嫂子赶紧跪着爬到苏秦的跟前说："因为你现在做了大官了，也有钱了啊。"苏秦叹了口气说："我苏秦从来都是苏秦，只是从前贫穷，现在富贵了。贫穷的时候，连亲人都看不起我，富贵的时候，所有的人却都来巴结我。如果我只是洛阳城里一个种地的，又怎么会有今天的荣华富贵呢！"所以，万分得意的苏秦就赏给了亲戚朋友们很多的金钱，然后，率领着十分庞大和豪华的车队离开了。

合纵 合纵理论的提出者是苏秦。当时天下秦国最强，不断派兵攻打其他国家，其他国家弱小，都不是秦国的对手，苏秦针对这个形势，积极游说赵、魏、韩、楚、齐、燕六个国家联合起来对抗秦国，使秦国不敢再轻易攻打这六个国家。但是一旦没有了秦国的威胁，这六个国家就会为了各自的利益，重新反目开战，所以合纵是一种很脆弱的联盟。

张仪骗楚王

苏秦在鬼谷子那学习的时候，有一个同学叫张仪，苏秦那时候就认为自己的才学没有张仪好。

苏秦成为"纵约长"后，积极联合赵、魏、韩、齐、楚、燕六个国家，共同对付秦国。秦国看到其他六个强国联合起来了，非常害怕，这时候，张仪来到了秦国。

张仪成功地游说了秦国国君秦惠王，秦惠王让张仪做了宰相，张仪决定破坏那六个国家的联盟。

有一天，张仪来到了楚国，楚国国君楚怀王很高兴地接待了他。

张仪对楚王说："我们大王最恨的人就是齐王了，最爱的人却是您楚王。我们大王早就想派军队去教训那个傲慢的齐王了，但是您的楚国和齐国是同盟，所以我们大王才一直忍着，没有派兵去教训齐王。现在齐王老说自己是天下无敌，根本没有把您楚王放在眼里，我们大王都为您感到气愤。我们大王说愿意献出六百里土地给楚国，和楚国结成兄弟，一起对付齐国，您觉得怎么样呢？"

楚怀王睁大了眼睛问张仪："你是说六百里土地吗？是秦国愿意给我六百里土地吗？"

张仪说："是啊，我们大王很想和您结成兄弟。"

楚怀王大笑着说："啊哈，秦王可真够意思啊，一下就给我六百里土地，这才是真兄弟啊。那个齐王整天跟我称兄道弟，却什么都没有给过我，算什么兄弟啊，这种人一定要跟他绝交！"

楚怀王第二天就派人拿着书信到齐国去跟齐王绝交。楚怀王觉得还不够，又派了一个人去大骂齐王，扬言要彻底和齐王绝交。齐王非常愤怒。

这时候，愤怒的齐王派使者来到了秦国，说愿意和秦国结成同盟，秦惠王答应了。

楚怀王派人跟着张仪去接收那六百里土地，张仪谎说自己摔伤了，要养伤，等伤好了才能交接土地。就这样过了几天，张仪派人去对楚怀王说："我先前答应给您六里土地，现在您派人来接收吧。"楚怀王派人对张仪说："不是六里，是六百里。"张仪大笑起来派人又告诉楚怀王说："我一个小小的张仪，怎么有权利把秦国六百里土地给楚国呢，是您听错了吧，我说的是六里。"

楚怀王这会儿终于知道自己上了张仪的当了，他非常生气，下命令说："立刻给我发兵攻打秦国，给我夺回那六百里土地！"

楚国的大臣劝楚怀王说："大王先不要发怒，我们不如送给秦国两座城市，然后和秦国一起攻打齐国，再从齐国那补偿我们失去的土地。"

楚怀王怒气冲冲地说："什么？你这是什么馊主意啊！秦国不仅不给我们那六百里土地，你还让我再倒贴给秦国两座城市，难道我傻吗？不用多说了，立刻出兵给我攻打秦国！"

楚国派军队攻打秦国，秦国和齐国也派出军队攻打楚国，结果楚国军队被打败，死了八万人，还丢掉了上千里土地。楚怀王不甘心失败，又把全国的军队都集合起来，去攻打秦国，结果又让秦国给打败了，楚国最后又割让两座城市给秦国，秦国才答应楚国讲和的请求。从此以后，楚国再也没有力量和秦国为敌了。

连横

连横的创立者是张仪，连横是专门为克制合纵而诞生的。张仪连横的特点是，让秦国拉拢其他一个或几个国家，然后出兵去攻打另外的国家，来达到削弱其他国家的目的。在实际运用中，张仪的连横要比苏秦的合纵更加厉害，苏秦的合纵并没有削弱秦国，而张仪的连横却使秦国变得更加强盛。

郑袖专宠于楚怀王

楚怀王有个特别宠爱的小妾,叫郑袖,这个女人非常美丽,非常聪明。

有一年,魏国国君听说楚怀王很好色,他为了巴结楚怀王,就派人给楚怀王送去了一个大美女。

楚怀王见到魏国来的美女后,心里十分高兴,整天和魏美人在一起,很长时间都没有去郑袖那里。

郑袖知道楚怀王十分喜欢魏美人后,就天天来找魏美人玩,很快她们二人就成了无话不说的好朋友。郑袖经常给魏美人做新衣服,送给魏美人漂亮的首饰。

楚怀王看到这一切后,非常高兴地说:"人们都说女人小心眼儿,爱互相嫉妒,我的郑袖却不是这样,她对魏美人甚至比对我还好,她可真是贤惠啊。"

过了段时间,郑袖假装好意地对魏美人说:"大王非常喜欢你的美貌,经常在我面前赞美你,但是唯一不足的是,大王说他觉得你的鼻子不太好看。你下次见大王的时候,还是把鼻子遮挡起来吧,不然大王心里会越来越不高兴的。"

天真的魏美人赶紧对郑袖说:"谢谢姐姐啊,我下次见大王时会遮住自己的鼻子的,你要是不告诉我,大王生气的时候,我都不知道发生了什么。姐姐你对我实在太好了。"

郑袖笑着说:"看你说的,咱们姐妹还用客气啊,咱们都是大王的女人,就是一家人,应该互相照顾的。"

魏美人也天真地笑了,她还不知道,自己正一步步掉进郑袖设下的陷阱里。

晚上,楚怀王来见魏美人,魏美人就按照郑袖的吩咐,把自己的鼻子遮挡

了起来。楚怀王觉得很奇怪，但是也没有问她为什么。

第二天，楚怀王来见郑袖，他问郑袖："我昨天去魏美人那，她却遮挡起鼻子，你和她关系那么好，一定知道她为什么遮挡起鼻子吧？"

郑袖装作很无奈的样子说："不错，我是知道她为什么遮挡鼻子，但是我不敢跟您说是什么原因啊。"

楚怀王听郑袖这么说，就更加感觉到奇怪，他继续追问郑袖："你说吧，我不怪罪你，到底是什么原因让她见了我就遮挡鼻子啊？"

郑袖又假装想了会儿，才故意小心地说："她好像是不喜欢闻您身上的味道。"

楚怀王立刻大怒起来说："混账，真是个泼辣无礼的女人啊！"

郑袖假装帮郑袖求情说："大王不要生气，等她闻习惯了就好了。"

楚怀王不听郑袖的求情，大声对王宫里的侍卫下命令说："快去，你们给我把魏美人的鼻子割下来。立刻给我去割，快！"

郑袖继续走上前来假装替郑袖求情说："大王不要啊，再给她一个机会吧。"

楚怀王怒气冲冲地说："你不要再说了，冒犯我的人都要受到惩罚！我楚国这么大，还怕没有美人吗？少那么一个两个算什么啊。说到底，还是你最好啊。"楚怀王说最后这两句话时，又变得温柔了起来。

郑袖在心里偷偷地笑了。

> **楚怀王** 楚怀王是战国时代最有名的昏君之一，他的手下也有天下第一的忠臣，就是屈原，可惜他听信谗言，不信任屈原。楚国被秦国打败后，秦王约楚怀王到秦国会面，楚怀王不听屈原的劝阻，去了秦国，结果被秦国扣留。楚怀王后来逃出秦国，跑到了赵国，赵国不敢接纳他，他就想投奔魏国，结果被秦国的追兵赶上，把他又抓回了秦国，最后楚怀王死在了秦国。

范雎相秦

公元前306年，秦惠王的儿子秦昭王成为了秦国的新国王。这时候，秦国的权力都掌握在太后和国舅的手中，秦昭王只是一个傀儡。但是，很快就要有一个人来帮助秦昭王了。

魏国有一个人叫范雎(jū)，这个人的口才非常好，他的才能比苏秦和张仪还要高。他家里很穷，就先投靠了魏国的大臣须贾。

有一次，魏昭王派须贾出使齐国，范雎也跟着去了。齐国国王齐襄王听说范雎很有口才，就派人给范雎送来了牛肉、美酒和十斤金子，范雎没敢接受这么贵重的礼物。须贾知道了这事后，心里非常生气，他觉得齐襄王对范雎这么好，是因为范雎把魏国的机密告诉了齐襄王，他认为范雎当了奸细。

范雎和须贾回到魏国后，须贾就对魏国宰相魏齐说："宰相大人，范雎这次跟我一同出使齐国，齐王对范雎特别亲密，我看范雎已经把我们魏国的机密都告诉了齐王。"

魏齐听了后，非常愤怒地说："大胆范雎，竟然敢卖国，把他给我抓来！"

魏齐立刻派人去把范雎抓了来，他问范雎："范雎，你为什么要出卖魏国？"

范雎赶紧说："没有啊，宰相大人，齐王是因为欣赏我的口才，才赏给了我一些东西，可是我没敢收下啊。"

魏齐阴险地笑着说："噢，是这样啊，这么说你的口才很厉害了，连齐王都佩服你了啊，我怎么就一直没听说你口才有多好呢？这样吧，你不是说你口才很好吗，我就给你一个机会，只要你能说服我，让我相信你没有卖国，我就放了你。"

范雎听魏齐这么说，立时就绝望了，他知道自己无论说什么，魏齐都是不会相信的,所以他只是说了一句:"我没有出卖魏国!"

魏齐说:"怎么?你就这一句啊,这算什么口才啊,那你就不要怪我不相信你了。"魏齐接着就吩咐手下说:"给我打!"他说完,就带着须贾还有很多客人进屋子里去喝酒了。

立刻就有很多人拿着大棍棒冲了上来,拼命地打范雎,很快范雎的肋骨就被打断了,牙齿也被打掉了好多颗,范雎想:"再让他们打下去,我就没命了。"所以他就装死。

"大人,他死了。"有个人向魏齐报告说。

魏齐说:"用席子把他卷起来,然后给我扔到厕所去,再派人给我好好地看守着,说不定他是装死呢。"

"是,大人。"那个报告的人说。

打范雎的那些人就放下棍棒,找来了一张竹席,然后把范雎包起来,抬着把他扔进了厕所里。

这时,负责看守范雎的那个人进来了,他想看看范雎怎么样了。范雎抓住这个机会对看守说:"你能救我出去吗?如果我能活着出去的话,我一定重重地报答你今天的救命之恩!"

那个看守见范雎这么可怜,心里就很同情,他说:"好吧,你坚持住,我尽力试试看吧。"范雎一听有希望,哆嗦着对看守说:"谢谢你,谢谢你,我一

定会记住你今天对我的救命之恩。"那个看守就立刻来见魏齐，他对魏齐说："大人，那个人确实是已经死了，不要把他一直放在厕所了，那样会生蛆的，蛆虫就会爬满大人府上的院子。"已经喝醉了的魏齐说："嗯，那你去把他扔到山上喂狼吧。"

"遵命。"看守说。

看守赶紧跑到厕所，把范雎背了出去。看守背着范雎离开宰相府后，路上碰到了一个叫郑安平的人，郑安平把范雎带到了自己家里，他还替范雎给了看守很多钱财。郑安平怕魏齐再派人找范雎，就给范雎改了一个名字叫张禄。

过了些天，秦国人王稽出使到了魏国。郑安平就把范雎介绍给了王稽，王稽一看范雎非常有才能，就把范雎偷偷地带回了秦国。

这时，秦昭王已经当了三十六年的国王了，他的母亲——秦国的太后已经去世了，但是秦国的权力还是没有回到秦昭王手上，秦国的权力还是掌握在秦昭王的舅舅和兄弟们手上。

王稽就把范雎举荐给了秦昭王，秦昭王和范雎谈完话后，非常欣赏范雎的才能。接着，范雎就帮秦昭王从秦昭王的舅舅和兄弟的手上，夺回了秦国的权力，秦昭王非常高兴，就让范雎做了秦国宰相。在范雎的辅佐下，秦国变得越来越强大了起来。

远交近攻

远交近攻是范雎为秦国制订的发展战略，这是对张仪连横思想的进一步深化。远交近攻的具体实施方式是，让秦国和一些距离秦国遥远的国家结成朋友，使秦国的邻国陷入孤立的境地，然后秦国再派军队攻打邻国，一点一点吞并邻国的土地，直到灭掉整个邻国。邻国被全部消灭后，秦国就对付原来那些距离秦国遥远的国家。最后秦国就是用这个谋略统一了中国。

范雎恩仇必报

范雎成为秦国的宰相后，一直都是用张禄这个名字，知道他叫范雎的，只有秦昭王、王稽和郑安平。魏国人根本不知道范雎还活着，他们以为范雎已经死了很久了。

有一天，魏齐听说秦国将要派军队攻打魏国和韩国，心里很着急，就派须贾出使秦国，希望能说服秦昭王，让秦国不要打魏国。

范雎听说须贾来到了秦国后，他就换上一身非常破旧的衣服，步行来见须贾。须贾一见来的人是范雎后，吃惊地张大了嘴巴，过了一小会儿，他才回过神来说："您还活着啊？"范雎笑着说："是啊，还活着呢。"

须贾问范雎："您是来游说秦王的吗？"范雎摇摇头说："不是。我原来不是得罪了魏齐大人吗，所以才逃来了秦国，哪还敢再想着当官呢！"须贾又问范雎："那您现在靠什么生活呢？"

范雎说："我在给人家有钱人当跑腿的呢。"

须贾听范雎说得这么可怜后，心里有些难过，就留下范雎一起吃饭，他看着范雎感叹说："真没想到，您会穷成这样啊！"吃完饭后，须贾送给了范雎一件衣服。

须贾问范雎："秦国的宰相张禄，您认识吗？听说秦王对张禄特别好，什么都听从张禄的。我现在来出使秦国，能不能完成任务，就全看能不能得到张禄的好感了。您认识的人里面，有和张禄熟悉的吗？"

范雎说："我家主人和张禄很熟悉，我也可以进入宰相府，如果您想求见张禄的话，我可以帮您。"须贾高兴地笑着说："真的啊？那太好了。但是现在，我

的马病了,车也坏了,没有大车良马的话,我是不能出去见人的。"

范雎说:"这也好办,我可以把我主人家的大车良马借给您用。"

须贾说:"那可太感谢您了。"

第二天,范雎还是穿着那身破衣裳,驾着车来接须贾。须贾上车后,他亲自驾着车向宰相府驶回。宰相府的仆人一看范雎亲自驾车回来了,都纷纷避让开。坐在车里的须贾,看到这个情形后,心里很奇怪。车子行到了宰相府里面的一个院子时,停了下来。

范雎对须贾说:"您先在这里等一会儿,我去里面请宰相大人来见您。"

须贾就坐在车子里等着,他等了很久都不见范雎出来,就着急地下了车子,在车子旁边转悠了起来。他看到有个仆人走了过来,就上前问那个仆人:"范雎怎么还不出来啊?"仆人说:"我们这里没有叫范雎的啊。"

须贾说:"怎么会没有啊,就是刚才那个和我一起驾车进来的人啊。"仆人说:"那不是范雎,他是我们的宰相张禄大人。"

须贾立时就惊呆了,冷汗也从额头上流了下来,双腿也哆嗦起来。他赶紧解开衣服,露出半个肩膀,跪在了地上。他又对仆人说:"麻烦你去禀告你们宰相大人,就说须贾来请罪了。"

仆人进去后不一会儿就出来了,说:"我们大人让你进大堂去见他,跟我来吧。"须贾不敢站起来,就用膝盖爬着跟在仆人后面,进入了大堂。这时,范雎正穿着非常奢华的衣服坐在大堂上,十几个仆人都在身边伺候着。

须贾赶紧磕着头说:"真没想

到您能像今天这么富贵，我以后再也不敢当官了，您就允许我去最偏远的地方度过下半生吧，请您不要杀我。"

范雎问须贾："你知道自己犯了多少罪吗？"须贾趴在地上哆嗦着说："就是把我的头发都拔掉了，然后一根一根地接起来，也比不上我犯下的罪大啊。"

范雎得意地笑着说："你自己知道就好，我就念在昨天我去你那里，你还没有忘记过去的恩情，送给我一件衣服的分儿上，饶恕你，不杀你了。"须贾听说范雎饶了自己，赶紧砰砰地磕头说："多谢宰相大人不杀，多谢宰相大人。"

第二天，须贾将要回魏国，就先来范雎府上告辞，范雎留他吃饭。吃饭的人，除了须贾外，范雎还请来了很多其他国家的使者。

范雎故意把须贾的座位，安排到最靠边的位置。然后把专门用来喂养马匹的生豆子放在须贾面前，范雎又派两个囚犯坐在须贾身边，喂须贾吃那些生豆子。其他的客人，享用的却是美酒美食。

范雎对须贾说："你回去告诉魏王，赶快把魏齐的人头给我送来，不然的话，我就派军队杀光你们魏国都城里的所有人！"须贾嚼着生豆子，赶紧点点头。

须贾回到魏国后，就把他在秦国遇到的所有事情告诉了魏齐，魏齐吓得立刻就逃去了赵国，后来他就自杀了，赵王派人把他的人头送到了秦国。

范雎终于报了仇。但是对于曾经帮助过他的王稽和郑安平，范雎也都让他们做了秦国的大官，范雎还拿出无数钱财来报答所有曾经帮助过他的人。

秦昭王与范雎

秦昭王对范雎几乎是绝对信任的，正因为秦昭王从来不猜疑范雎，通过两人的努力，秦国才会那样强大。后来，秦昭王派郑安平率领军队攻打赵国，郑安平却带着两万军队投降了赵国。因为郑安平是范雎举荐的，所以按照秦国的法律，范雎要被诛杀三族。但是秦昭王却下命令说"谁敢谈论郑安平的事，就杀了谁"，他就是这样保护了范雎。

完璧归赵

扫码查看
- ☑ 中华故事
- ☑ 典故趣闻
- ☑ 能力测评
- ☑ 学习工具

张仪帮助秦国破坏了赵、齐、韩、魏、燕、楚六个国家的联盟后,秦国成了当时最强大的国家。秦王变得很霸道,谁要是敢不顺从他,他就出兵攻打谁,所以天下诸侯都很害怕得罪秦王。

有一天,赵国国君赵惠文王得到了楚国一块叫做和氏璧的宝玉。秦昭王听说了这个消息,就派人来到赵国,对赵惠文王说:"听说您得到了和氏璧,我愿意拿十五座城市来跟您交换。"

赵惠文王一时间不知道该咋办好了,他想:"把和氏璧给秦王的话,秦王如果不给那十五座城市,这不就白白被欺骗吗;可是如果拒绝秦王,那秦王就会把这当作借口,出兵来攻打赵国。这可怎么办呢?"

赵惠文王问大将军廉颇该怎么办,廉颇也说不知道,赵惠文王又问其他大臣,大臣们都说不知道该怎么办。过了好几天,赵惠文王还是找不到解决这件事的办法,心里非常忧愁。

这时,有一个人对赵惠文王说:"有个叫蔺(lìn)相如的人,口才特别好,而且很勇敢,也许他有办法解决这件事。"

赵惠文王同意了,就把蔺相如叫进宫来。蔺相如来了后,赵惠文王问他:"秦王想用十五座城市来交换我的和氏璧,可以和他交换吗?"

蔺相如说:"现在赵国没有秦国强大,不能不答应秦王。"

赵惠文王问:"如果我把和氏璧给了秦王,秦王却不给我那十五座城市,该怎么办呢?"

蔺相如说:"秦王想用十五座城市来换我们的和氏璧,我们不答应的话,是

　　我们没理；如果我们把和氏璧送给了秦王，秦王却不给我们那十五座城市，那就是秦国没理了。所以，我们宁愿让秦国没有理，也不能使我们没理。"

　　赵惠文王又问："那谁可以作为使者，带着和氏璧去出使秦国呢？"

　　蔺相如说："大王您一定没有合适的人选吧，那就让我去吧。如果秦王真的把十五座城市交给我们赵国的话，我就把和氏璧留在秦国；如果秦王不想交出那十五座城市的话，我就把和氏璧完整地带回赵国。"

　　赵惠文王终于松了一口气说："那好，就派你出使秦国吧。"

　　蔺相如到了秦国后，把和氏璧交给了秦昭王。秦昭王接过和氏璧后，高兴得心花怒放，把和氏璧翻过来掉过去地观赏，还不断地赞叹着说："哈，真是一块宝玉啊！"秦昭王又把和氏璧传给身边的小妾观赏，秦国的大臣也都凑上前来观看，都争着夸赞和氏璧的精美，他们还不断地对秦昭王大喊："大王万岁！"

　　蔺相如看出秦昭王根本就不想交出那十五座城市，所以走上前来，对秦昭王说："这块和氏璧的确是天下无双，只是有个小小的斑点，请让我指给您看。"

　　秦昭王说："噢？是吗？我怎么没看到啊，在哪儿呢？"说着就把和氏璧交到了蔺相如的手上。

　　蔺相如接过和氏璧后，就退到了大殿上的一根柱子旁，气得头发都好像竖了起来，他对秦昭王说："我们大王是诚心诚意想跟您做交换的，臣在来秦国前，我们大王为表示诚心，特意为和氏璧斋戒了五天。现在臣捧着和氏璧来到了秦国，把和氏璧交给了您，您却只是和您的小妾观赏，一句也不提起那十五座城市的事，臣看您

根本不想把那十五座城市送给我国,臣才又从您手上拿回和氏璧。请您不要逼我,不然的话,我的脑袋和玉璧就会一同撞碎在这根柱子上!"他说着,就双手举起了和氏璧,眼睛瞪着柱子,就要撞过去。

秦昭王赶紧说:"不要,不要,我这就把那十五座城市送给赵国。来人啊,快把地图拿过来。"打开地图后,秦昭王又指着地图对蔺相如说:"你看,我就把这十五座城市送给你们赵国,这回你相信了吧?"

蔺相如知道这是秦昭王使的诡计,只是想从他手上骗出和氏璧,并不是真的想把那十五座城市送给赵国,所以他对秦昭王说:"臣可以把和氏璧给您,但您也要像我们大王一样,为和氏璧斋戒五天,到时候臣就把和氏璧送给您。"

秦昭王只好答应了蔺相如,蔺相如回到住的地方后,就派手下偷偷地把和氏璧送回赵国。

五天后,蔺相如去见秦昭王,对他说:"臣怕您欺骗我国,所以派人把和氏璧送回赵国了。现在您的秦国比我们赵国强大,我们赵国根本不敢得罪您,您如果能先把那十五座城市送给我们赵国的话,我们不敢不把和氏璧送来秦国。我知道,这么做是欺骗了您,现在就随您惩罚好了。"

秦昭王想了一会儿说:"现在就是杀了你,我也得不到和氏璧了,希望这件事不会影响到我们两国的友好关系,你还是回赵国去吧。"

最终,蔺相如完美地完成了出使秦国的任务,保住了赵国的尊严。

和氏璧

春秋时代,有个楚国人叫卞和,他得到了一块玉石。他拿着玉石去见楚厉王,楚厉王让人鉴定后,认为只是块石头,就以欺君的罪名,砍掉了卞和的左脚。楚厉王死后,楚武王成为了楚国的新国君,卞和又捧着玉石来见楚武王,楚武王也认为那只是一块普通的石头,也以欺君罪砍去了卞和的右脚。后来楚文王成为了新国君,他派人切开玉石后,果然看见里面有宝玉,就把它制作成了玉璧,命名为和氏璧。

秦赵渑池之会

蔺相如从秦国安全地回到赵国几个月后，秦昭王就派军队来攻打赵国，占领了赵国两座城市，过了一年，秦昭王又派军队攻打赵国，占领了赵国的石城（今石家庄），又过了一年，秦昭王又派军队攻打赵国，灭掉了赵国两万军队。

一年后，秦昭王派人来对赵惠文王说："秦国愿意和赵国重新恢复友好的关系，我会在渑(miǎn)池（今河南省洛阳市新安县附近）准备好酒宴，等待您来相见。"

赵惠文王害怕到了渑池后，秦昭王会加害自己，所以他不想去会见秦昭王。蔺相如和廉颇对赵惠文王说："大王还是去吧，不去的话，秦国会认为我们赵国很胆小。"

赵惠文王只能硬着头皮答应了说："好吧，为了赵国，只好走这一趟。"

蔺相如说："大王请放心，臣会跟在您身边，绝对不会让秦王伤害到您。"

第二天，赵惠文王和蔺相如出发了，廉颇带着军队护送他们。到了边境，廉颇停下来说："大王，臣会在这里带着军队等候大王的。如果大王三十天还没有回来，臣会让太子登上王位，大王觉得可以吗？"

赵惠文王点点头说："嗯，就按你说的做吧。"

赵惠文王和蔺相如的车队继续前进，来到了渑池。

秦昭王准备好了酒宴，请赵惠文王坐下。喝过几杯酒后，秦昭王对赵惠文王说："我听说您很喜欢音乐，现在为我弹一弹瑟（古代的一种乐器，有点像古琴，有五十根弦。）吧。"

赵惠文王不敢拒绝秦昭王，就用瑟(sè)弹了一首曲子。弹完后，秦昭王立

即叫来秦国的史官说："快记下来，某年某月某日，秦王和赵王会见，秦王命令赵王弹瑟。"蔺相如走上前来，对秦昭王说："我们大王听说您特别擅长演奏秦国的音乐，也请您为我们大王用缶(fǒu)(古代秦国的一种乐器)敲打一首曲子，大家互相娱乐一下吧。"

秦昭王立刻发怒说："大胆！我堂堂秦王，怎么可以为别人演奏音乐呢？"

蔺相如跪在了地上，继续请秦昭王演奏音乐，秦昭王始终不答应。蔺相如跪着凑到秦昭王的身边说："您不答应的话，那臣就只好和您同归于尽了！"说着，他就举起缶来，就要打秦昭王。

秦昭王的侍卫们一看蔺相如在威胁他们的大王，都拔出剑来，要冲上来。蔺相如扬着剑眉，瞪起眼睛对秦昭王的侍卫们大喊道："谁敢上来！"那些侍卫就都被蔺相如给吓住了，没人再敢动弹。

秦昭王没办法，只能拿起筷子，勉强地敲打了一下缶。蔺相如立即对赵国的史臣说："快记下来，某年某月某日，赵王和秦王会见，秦王为赵王演奏音乐。"

秦国人不甘心丢掉面子，又有秦国大臣对赵惠文王说："请赵国献出十五座城市来，为我们大王祝寿！"

蔺相如也不客气地大声对秦昭王说："请秦国献出咸阳（秦国都城，今陕西省咸阳市），为我们大王祝寿。"

一直到酒宴结束，秦昭王始终没能在赵惠文王身上占到半分便宜。这时，赵国已经在边境上集合了大批军队，所以秦昭王不敢加害赵惠文王。

最终，蔺相如凭着自己非凡的勇气和机智，成功地护送赵惠文王回到了赵国。

赵 惠 文 王 之 前 的 赵 国

赵惠文王的父亲是赵武灵王，赵武灵王是战国时代非常有名的一位君主，他实行了著名的"胡服骑射"改革。因为赵国的北方边境是少数民族，少数民族的服装非常利于骑马和射箭，而中原汉人的服装在这方面却没有少数民族那么便利，所以赵武灵王让赵国的骑兵部队都穿上少数民族的衣服作战。"胡服骑射"改革后，赵国开始强盛起来。

将相和

因为蔺相如功劳很大，赵惠文王给蔺相如封了一个很大的官，比大将军廉颇的官位还要高。

廉颇见蔺相如比自己的官位还高，心里很不服气，他说："我率领赵国军队，打了无数的胜仗，攻占了敌人很多土地，建立下多大的功劳啊。蔺相如只是靠着一张嘴一条舌头，却爬到了我的头上！那个蔺相如原来只是个身份低下的人，现在却比我做的官还要大，真是让我感到羞耻。"所以，他对所有人宣扬说："如果哪天让我遇见蔺相如，我一定要侮辱他一下。"

蔺相如听说后，就处处躲着廉颇。有一天，蔺相如坐车出门时，远远地看见了廉颇，他赶紧命令驾车的仆人换一条路走，好避开廉颇。

这时，有个人对蔺相如说："我离开亲人和家乡来投靠您，就是因为敬佩您的勇气和智慧。现在您比廉颇的官还大，廉颇到处宣扬说要侮辱您，您却老是躲着他，怕他怕得不得了，就算是个平民百姓也受不了廉颇的无礼啊，何况您还是一位大官呢？您实在是太让我们感到失望了"

蔺相如问那个人："您看是廉颇将军厉害，还是秦王厉害啊？"

那人答说："还是秦王更厉害。"

蔺相如说："是啊，秦王那么厉害，我都敢

当着众人的面，指责他，辱骂他的大臣。就算我真的有些懦弱，又怎么会害怕廉颇将军呢？我处处躲着廉颇将军，是不想让秦国有机可乘。现在秦国不敢再来攻打我们，就是因为赵国有我和廉颇在。两虎相争非死即伤，我和廉颇将军绝对不能发生这样的事。为了我们赵国的安全和强大，我忍一忍廉颇，算得了什么呢？"

后来，蔺相如说的这番话传到了廉颇的耳朵里。他跺了下脚说："我真是太混账了，蔺相如处处都为了国家着想，我却只想着自己，光凭这一点来说，他就比我强上千倍万倍啊！"

接着，廉颇就找来一大把藤条，然后脱掉了自己的上衣，又把藤条捆到后背上，迈开大步就向蔺相如的府上走来。来到蔺相如家的门口时，廉颇跪在了地上。蔺相如家的仆人看到这个情形后，急忙去告诉蔺相如。蔺相如听说廉颇背着藤条跪在了自己家门口，大吃一惊，赶紧跑出来。廉颇见蔺相如出来了，就说："我廉颇之前一直嫉妒您，到处侮辱您，您却始终不跟我计较，您让我感到很羞愧，所以今天来向您请罪，请您用藤条抽打我吧！"

蔺相如赶紧扶起廉颇说："将军不要这样，那是因为从前将军您不了解我，而且我从来不觉得将军您侮辱了我。其实我很敬佩将军您的英勇和豪气，如果将军不嫌弃，请和我一起进去喝酒吧！"说完，两人哈哈地大笑起来，一起进了府中。从这以后，两个人成为生死之交。

战 国 四 将

战国时代，有四位最出名的将军，他们被称为"战国四将"，廉颇就是他们其中的一位，另外三位分别是赵国的李牧、秦国的白起和王翦。李牧先是在赵国的北方边境打败了匈奴，后来又成为抵御秦国军队的悍将；白起是秦国最勇猛的将军，因他杀人如麻，所以有个"人屠"的外号；王翦是帮助秦国统一中国的大将，战功卓著。

赵奢勇胜强秦

公元前270年，也就是范雎刚刚跟随王稽到了秦国这一年，这时范雎还没有当上秦国宰相，秦国派出军队攻打韩国。

秦国军队打败韩国军队后，接着就进攻赵国，打到了赵国的一个叫阏(yù)与(今山西省沁县)的地方。

赵惠文王心里很着急，他找来大将军廉颇问："我们能派兵去救阏与吗？"

廉颇说："阏与离邯郸(赵国都城，今河北省邯郸市)实在太遥远了，派兵去救阏与的话，恐怕很难打败秦军。"

赵惠文王又叫来大臣乐乘，问他能不能派兵去救阏与，乐乘说的和廉颇一样，也认为救不了阏与。

但赵惠文王不想让秦国白白地占领阏与，便找来管理国家税收的大臣赵奢，问赵奢："我们派兵去救阏与的话，可以打败秦军吗？"

赵奢说："其实，这就像两个老鼠在洞里打架，谁勇敢谁就可以获得胜利。"

赵惠文王说："好！那我就派你当将军，率领军队去救阏与吧。"

赵奢说："臣誓死保卫赵国，一定打败秦军！"

赵奢率领赵国军队出了邯郸城三十里后，就扎下了营寨。他还下了道命令说："谁敢前来议论打仗的事，就杀了谁！"

秦国军队派出一小部分人进攻武安(今河北武安市附近)，打算吸引赵奢的军队救援武安。这时，赵国军队中的一个将领对赵奢说："我们赶紧先去救援武安吧。"赵奢立刻就把他斩首了。就这样，赵奢让军队在营寨里停留了二十八天，而且还命令士兵们继续加强营寨的防守。有一个秦国的奸细正在赵奢的军营里,他看到这一切后,就离开了赵奢的军营,跑到驻扎阏与的秦国军队那里,把他看到的一切都告诉了秦国将军。秦国将军听说赵奢离开邯郸三十里后,就不前进了,就非常得意地说:"哈哈,赵国军队真是一群胆小鬼啊,刚刚出了都城三十里就不敢前进了,看来阏与这块地方再也不会是赵国的土地了,从今以后,这里就是我们秦国的土地了!"

赵奢知道自己的军队里有奸细,他看奸细走了以后,就命令军队集合,带好武器和军粮,立刻向阏与方向前进。经过两天一夜的快速行军,赵奢率领军队来到了距离阏与还有五十里的地方,赵奢命令军队立即扎营。

赵国军队安扎好军营后,秦国将军才收到赵国军队到来的消息, 他十分吃惊地说:"赵国军队怎么这么快就到了啊。"他赶紧带领军队向赵国军营这边冲来。

这时,一个士兵进了帅帐对赵奢说:"报告将军,一个叫许厉的士兵要求见将军。"

赵奢说:"叫他进来吧。"

"是。"士兵说完,退出去了。

接着,那个叫许厉的士兵进来了。赵奢问他:"你找我有什么事吗?"

徐厉说:"秦国人想不到我们会来得这么快,他们一

会儿就会冲过来猛烈地进攻我们,将军您一定要多派军队防守,不然的话,我们会失败的。"

赵奢说:"好,就照你说的做。"

徐厉说:"您原来下过命令说,谁敢议论打仗的事,就杀了说谁,现在请您杀了我吧。"

赵奢说:"等我们胜利后,回到邯郸再说吧。"

徐厉又说:"那我还想跟将军您再提一个建议。"

赵奢说:"你说吧。"

徐厉说:"北面的那座山是这里最高的地方,我们应该先派军队占领那座山,不然秦军把那座山占领的话,我们的军营就会被秦军踩在脚下了,到时候就很难打败秦国人。"

赵奢点了点头说:"嗯,好,我就分出一万军队,派你去占领北面那座山。"

徐厉说:"遵命。"

秦国将军率领军队来到赵国军营前面后,果然派军队去争抢北面那座山,但是那座山这时已经被赵国军队占领了。就在秦国军队争抢北面那座山的时候,赵奢率领军队冲出了军营,杀向秦军。不多大一会儿,秦军就被打败了,狼狈地逃出了赵国,赵奢保护住了阏与这块土地。

赵奢率领军队回到邯郸后,赵惠文王非常地高兴,他把赵奢封为马服君。

赵惠文王

经过了赵武灵王"胡服骑射"的改革,赵惠文王成为国君后,赵国达到了历史上最强盛的巅峰。赵惠文王是一位非常贤明的君主,他的手下聚集了一大批贤臣,文的方面有蔺相如,武的方面有廉颇、赵奢和李牧。这时候的赵国,是当时天下唯一可以和秦国相抗衡的国家,连飞扬跋扈的秦昭王也不敢对赵国太放肆。

赵括纸上谈兵

赵奢有一个儿子叫赵括，赵括这个人非常聪明，他从小就学习兵法，长大了后谈论起兵法来，头头是道。

赵括曾经骄傲地说："谈论兵法，我就是天下第一！"，他敢说这样的大话，是有原因的，因为就连他的父亲赵奢谈论兵法的时候都说不过他，但是他的父亲从来都不称赞他。

赵括的母亲很奇怪，就问赵奢："咱们的儿子谈论兵法的时候，这么厉害，连你都说不过他，为什么你从来都不称赞他呢？"

赵奢说："带兵打仗是一件很危险的事情，咱们的儿子谈论起这事来，却像玩一样轻松，根本一点儿都不重视战争。将来赵国发生战争，如果让咱们的儿子当将军的话，赵国军队一定会打败仗。"

赵奢去世以后，秦昭王又派军队来攻打赵国。这时候，赵惠文王也已经去世了，赵国的新国王是赵孝成王。

秦国的军队进攻到赵国的长平（今山西省高平市长平村）后，遭到了赵国大将军廉颇的顽强抵抗，一步也前进不了了。秦国宰相范雎就派奸细到赵国都城邯郸散布消息说："廉颇就快投降秦国了，秦国现在谁也不怕，就怕赵奢的儿子赵括，如果赵括当了赵国将军的话，秦国就一定会被赵国打败。"

赵孝成王听到这个消息后，就轻易地相信了，他想让赵括代替廉颇当将军，到长平去抵抗秦国的军队。

蔺相如这时候已经病得很严重了，他派人对赵孝成王说："大王不应该因为赵括有虚名，就让他当将军，赵括这个人只会读兵书，根本就不知道打仗的

时候，是需要随着战场的情况不断改变排兵布阵的。大王您千万不要让赵括当将军啊！"

赵孝成王派人对蔺相如说："您还是好好养病吧，国家的事先别这么操心了，我会处理好所有事情的。"

赵括的母亲听说赵孝成王要让她儿子当将军后，就想起了赵奢曾经说过的话，她就进宫来见赵孝成王说："大王您不能让赵括当将军。"

赵孝成王奇怪地问："为什么啊？"

赵括母亲说:"当年我丈夫当将军的时候,有上百的朋友,他得到的钱财都会分赏给士兵和朋友们,将要出征的时候,从来不过问家里的事情。现在我儿子赵括当了将军后,却到处显摆他的威风,大家都不敢接近他,他把您赏给他的钱财都藏到了自己家里,还到处打听哪里有好房子和好田地卖,看到好的他就买下来。大王您觉得赵括哪一点比得上他父亲呢? 他父亲活着的时候,就常说我儿子赵括不能当将军,他当将军的话,赵国一定会打败仗。所以,我请求大王您不要让我儿子赵括当将军了。"

赵孝成王根本不听赵括母亲的话,他坚持要让赵括当将军,他对赵括母亲说:"您不要再劝我了,我已经决定用您儿子赵括当将军了,这个决定是不会再改变的了。"

赵括母亲说:"大王您一定要让我儿子赵括当将军的话,如果他打了败仗,您能不怪罪我们全家吗? "

赵孝成王答应说:"好好好,我不会怪罪你们全家的,不过我相信,你儿子一定会打胜仗的。"

赵括到了长平后,就率领军队贸然出战,最后被秦国军队包围了。赵括在突围的时候,被秦国人用弓箭射死,赵国军队大败。

所有事情都像赵奢说的一样:赵国用赵括当将军的话,就一定会失败。

赵孝成王

赵孝成王是赵惠文王的儿子,他虽然继承了他父亲的王位,却没能秉承他父亲的贤明。赵孝成王是一位没有主见、目光短浅、没有雄心壮志的君主,他的父亲给他留下了一个强大的国家,他却没有能力来维护国家的强盛。长平之战这一仗,就葬送了赵国全部的精锐部队,赵武灵王和赵惠文王两代人积累下的家底,被赵孝成王仅一次就败了。

春申君救楚太子归国

公元前 278 年，秦昭王派大将白起进攻楚国，占领了楚国的都城，楚国国君楚顷襄王割让给了秦国很大一块土地，白起才退兵。到了公元前 272 年，秦昭王又要派白起联合韩国和魏国的军队，一起进攻楚国。

楚顷襄王非常害怕，就派遣口才非常好的黄歇到秦国去游说秦昭王，希望能让秦昭王放弃攻打楚国的想法。黄歇到秦国后，果然说服了秦昭王，秦昭王就放弃了攻打楚国的念头。黄歇回到楚国后，楚顷襄王就又派他带着楚国太子熊完到秦国做人质。

黄歇和楚太子熊完在秦国做了十年人质后，楚顷襄王病倒了。黄歇听到楚顷襄王病倒的消息后，就知道楚王活不了多久了，他打算带太子熊完回楚国，好让熊完顺利地继承楚国的王位。但是，秦昭王是不会同意他们两个回楚国的。

黄歇心想："现在太子和秦国宰相范雎的关系很好，而秦王又全听范雎的话，也许找范雎帮帮忙，秦王就会放太子回国了。"他打定主意后，就去宰相府求见范雎。

黄歇见到范雎后说："请问宰相大人，您是诚心诚意地对我们楚太子友好吗？"

范雎说："是啊，那当然了，我和楚太子是好朋友啊。你为什么突然这么问啊？"

黄歇说："昨天，楚国的使者来了，跟我说楚王病倒了，恐怕活不了多久了。我想求您跟秦王说说，放我们太子回去吧。如果秦王能放我们太子回去，我们太子一定会很感激秦王和您，那么将来楚太子成为了楚王后，一定会和秦国很亲近。如果秦国不让楚太子回去的话，那楚太子就只是咸阳城里的一个普通人。楚国也会另外选立别的王子当楚王，这样的话，楚国就绝对不会再亲近秦国，这不是秦国的损失吗？请宰相大人您仔细地想一想吧。"

第二天，范雎就进了王宫去见秦昭王，把黄歇说的那一番话都告诉了秦昭王。秦昭王想了想说："那就先让黄歇回楚国，去看看楚王到底病成什么样子了，等他再返回秦国后，我们再决定放楚太子回去，还是不放他回去。"

范雎点点头，退出了王宫。范雎把秦昭王的决定告诉了黄歇，黄歇就跟楚太子商量说："如果我先回去的话，一来一回会浪费很多时间，如果我还在路上的时候，您父王却去世了，国内别的王子就会立刻成为新国王，那您就没机会回楚国继承王位了。"

楚太子着急地说："是啊，那可怎么办呢？"

黄歇说："不如您跟着咱们楚国的使者，偷着逃回楚国吧！"

楚太子问："那你怎么办呢？"

黄歇说："我不能跟您一起逃走，那样的话，就没有人来拖延住秦国人了。如果让秦国人发现我们偷跑了的话，我们很快就会被秦国人抓住，然后杀掉。您是楚国将来的大王，我只是楚国的一个小小的臣子，楚国可以没有我，但是绝对不能没有您啊！"

这天晚上，黄歇把楚太子偷偷送到了楚国使者住的地方。第二天，楚太子换了服装，假装成楚国使者的车夫，驾着车和楚国使者一同离开了秦国。

送走楚太子后，黄歇就天天骗秦国人说："我们太子生病了，最近这些天都不能会见客人了。"过了多天后，黄歇认为楚太子已经走到了安全的地方，就进宫去见秦昭王。

黄歇跪在地上对秦昭王说："楚太子已经跟着我们楚国使者，回楚国去了，现在已经走了很远了。我知道欺骗您是死罪，现在请您杀了我吧。"

秦昭王一听楚太子逃走了，非常愤怒地说："竟敢欺骗我，来人啊，把黄歇给我拖下去杀了！"

范雎赶紧劝秦昭王说："大王请不要生气，现在楚太子已经回去了，您就是杀了黄歇也没用啊。不如把黄歇放回去吧，那他就一定会记住大王的恩德，楚太子也会感激我们秦国，等到楚太子当了楚王后，就一定会亲近我们秦国。"

秦昭王点了点头说："嗯，说得有理。黄歇，你站起来吧，刚才的事不要放在心上，明天你就回楚国吧。"

黄歇说："谢大王开恩，臣一定会让我们两个国家永远地友好下去。"

黄歇回到楚国三个月后，楚顷襄王就病死了，太子熊完顺利继承了王位，史称楚考烈王。

楚考烈王登上王位后，就让黄歇做了宰相，还封他为春申君。

楚顷襄王

楚顷襄王是楚怀王的儿子，他也曾在秦国做过人质，也是偷着逃离秦国，回楚国做的国君。他是一位比他的父亲楚怀王更加昏庸的楚王。他成为国君后，根本不想着治理好楚国，然后找秦国报仇，他只想着吃喝玩乐。屈原也曾劝谏过他，但他丝毫不听。后来白起占领楚国都城后，屈原投汨罗江殉国了。

春申君自取其祸

　　楚考烈王成为楚国国君后,过了很多年,都没有生一个儿子。不光楚考烈王自己着急,身为楚国宰相的春申君也是万分着急。

　　春申君从各地寻找了很多女人献给楚考烈王,但是最后这些女人都没能为楚考烈王生下一个孩子。

　　赵国有一个叫李园的人,听说了这件事后,就打算把自己的妹妹献给楚考烈王,借以得到荣华富贵。但是李园又听说楚考烈王是患上了不能生育的疾病,所以李园就阴谋利用春申君来接近楚考烈王,从而得到他梦想的荣华富贵。

　　李园带着妹妹到了楚国后,成为了春申君的食客。有一天,李园本来约好了和春申君一起喝茶聊天,可是他却故意失约了。到了第二天,李园假装来给春申君道歉。春申君问李园:"昨天为什么没有来啊?"

　　李园撒谎说:"对不起,是我失约了。昨天齐王派使臣来见我,说是想迎娶我妹妹做他的妃子,我因为陪着齐国使者喝酒,才没能来见您,请您原谅!"

　　春申君笑着说:"哦,是这样啊,看来你的妹妹是位绝色美女啊,连齐王都来提亲了啊,那你答应齐国人的求婚了吗?"李园说:"我没答应。"

　　春申君问:"那你能带你妹妹来,让我见一下吗?"

　　李园笑着说:"当然可以啊,那是我妹妹的荣幸。我这就去把她领来。"

　　李园说完话就出去了,过了一会儿,果然带来一位十分美丽的女子。春申君一见,就喜欢上了李园的妹妹,把李园的妹妹留在了自己的府上。过了几个月,李园的妹妹怀孕了,当然怀的是春申君的孩子。

　　李园得到这个消息后,非常兴奋。他就让自己的妹妹去劝说春申君,李园

的妹妹对春申君说："现在楚王对您比亲兄弟还要亲近。您已经当了二十多年楚国的宰相了,楚王没有儿子,他去世以后,楚国国君的位子,一定会由楚王的兄弟继承。等到楚王的兄弟当了国君后,一定会用他们亲近的人当宰相,而您就会失去宰相的位子,不会再有像今天这样的荣华富贵。而且您做了这么多年的宰相,一定有得罪楚王兄弟的地方,等到楚王的兄弟成为国君后,一定会找您算账,那您就要倒霉了。我最近一直都在为您担忧这件事,现在只有一个办法,可以让您永远都保持现在的荣华富贵,就是把我献给楚王。我现在已经怀上了您的孩子,这件事谁都不知道,如果您把我献给楚王,那人们就会认为这个孩子是楚王的,我就会成为楚国的王后,我生下我们的孩子后,他就是楚国的太子。等楚王去世后,我们的孩子就会成为新的楚王。这样一来的话,您不就能永远坐在楚国宰相的位子上了吗?"

　　春申君听后,觉得李园妹妹的话,说得非常有道理。第二天,春申君就把李园的妹妹献给了楚王。楚王见李园的妹妹长得那么漂亮,心里非常高兴。过了几个月后,李园的妹妹生下了一个男婴,楚王万分兴奋,他立刻就封了李园的妹妹做了王后,把那个男婴立做了太子,还封了李园一个大大的官职。

　　李园做了大官后,心里害怕春申君会泄露了所有的秘密,打算杀掉春申君灭口,所以他就暗中收养了一些武功高强的刺客,准备在适当的时候刺杀春申君。这时,已经有不少人知道李园将要刺杀春申君的消息了。

公元前 238 年,楚考烈王病重了。这时,有个叫朱英的人对春申君说:"您现在是有福也有祸啊!"春申君奇怪地问:"那什么是福呢?"

朱英说:"您已经做了二十五年楚国宰相了,虽然是宰相,但是您的权力就像楚王一样。现在楚王就要去世了,太子还很小,楚国的政权一定会由您来掌控,您既可以像西周的周公那样,继续做宰相来辅佐年幼的楚王,也可以自己坐上楚王的位子,成为楚国的国君。这就是我说的福了。"

"那么祸又是什么呢?"春申君问。

"那个李园是太子的舅舅,他早就想代替您当楚国的宰相了,他暗中养了很多刺客要刺杀您。楚王去世后,李园一定会假借新楚王的命令,派人来杀你。这就是我说的祸事了。"

春申君听了,只是摇摇头,并没放在心上。朱英见春申君不肯听自己的话,怕李园会报复自己,就赶紧逃离了楚国都城。

十七天后,楚考烈王去世了。李园第一个进了王宫里,派刺客埋伏好,专等春申君前来送死。春申君听说楚考烈王去世的消息后,赶忙进宫,他刚一进宫,就有十多个武功高强的刺客向他扑来,还没等春申君反应过来是怎么回事,他就被刺客们杀死了。接着,李园派人杀光了春申君所有的家人。

公元前 237 年,李园妹妹生的儿子,继承了楚国的王位,史称楚幽王。

李 园 的 结 局

李园杀了春申君后,就代替了春申君执掌楚国的大权。但是他的外甥楚幽王只做了十年国君就去世了,楚幽王的弟弟熊犹继承了楚国的王位,史称楚哀王。楚哀王也是李园妹妹生的,当初楚考烈王死的时候,李园的妹妹已经怀孕了,楚哀王才真正是楚考烈王的亲生儿子。楚哀王当了楚王后,楚幽王是春申君儿子的这件事,被楚考烈王的弟弟知道了,所以楚考烈王的弟弟就怀疑楚哀王也是春申君的儿子,就杀掉了楚哀王,连李园和李园妹妹也一同杀死了。

秦赵长平之战

公元前262年,秦昭王派大将军白起进攻韩国,韩王非常恐惧,向秦国请求讲和,答应把上党(今山西省东南部)献给秦国。

带领军队守卫韩国上党的人叫冯亭,他非常地仇恨秦国。韩王派人来跟他说:"我国已经把上党割让给秦国了,你还是率领军队撤出上党,回国都来吧。"

冯亭早就对秦国四处攻占的行为感到愤怒了,他没有接受韩王的命令。他对上党的军队和百姓们说:"秦国人太残忍,和我们有比大海还深的国仇家恨,我们投降秦国人的话,他们一定会迫害我们。现在我们上党旁边就是赵国,我们不如去投靠赵国吧。而且,凭我们韩国一个国家的力量,是打不过秦国的,我们投降赵国的话,秦国人一定会来和赵国争抢上党,那赵国就会和韩国一起对付秦国了,到时我们就有打败秦国人的机会了。"大家都同意冯亭的意见,决定投降赵国。

第二天,冯亭派出使者到赵国,对赵孝成王说:"我们韩国没有力量守卫上党了,我们大王要把上党割让给秦国,但是上党的百姓都愿意成为赵国的百姓,不愿意投降秦国。现在上党地区大大小小的城市一共有十七座,愿意全部投降赵国,请求您接受。"

赵孝成王一听韩国要有十七座城市投靠赵国，心里乐开了花，他找来大臣赵豹问："韩国的冯亭要把上党的十七座城市都献给我们，我们接受行吧？"

赵豹说："这像是突然从天上飞来的横财啊，我们接受的话，恐怕不会很吉利。"

赵孝成王说："韩国人都是因为仰慕我的仁德，才来投靠我的，怎么能拒绝他们呢？"

赵豹说："现在韩王已经答应把上党割让给秦国了，如果我们要了上党的话，秦国人一定很恼怒，就会立刻派军队来攻打我们赵国。所以说，冯亭把上党献给我们，其实是想让秦国和赵国打起来，那他们韩国就不用被秦国继续攻打了，这是想把秦国的这股祸水，引到我们赵国来啊，您千万不能中了韩国人的圈套！"

赵孝成王大声地说："难道我怕秦国人吗？这有什么不能接受的！现在我们不用浪费一粒粮食，一个士兵的生命，就能得到十七座城市，这是多划算的事情啊，傻子才不接受呢！"

赵豹见劝说不了赵孝成王，就叹着气离开了。接着，赵国的宰相平原君来见赵孝成王了，赵孝成王把刚才他和赵豹说的话，都告诉了平原君。平原君说："就算是派出一百万军队去攻打，我们也很难一下子就占领十七座城市啊，现在却什么都不用做，就白白地有十七座城市送来给我们，这是多好的事情啊，大王您千万不要错过机会啊，赶紧接受吧！"

赵孝成王大笑起来说："哈哈哈，好，我们立刻接受！"

赵孝成王派出军队去接收上党，又命令廉颇率领军队在赵国的长平(今山西省高平市东西梁山间丹河附近河谷地带)那里防守。

秦昭王一听上党被赵国人占领了，非常愤怒。公元前260年，秦昭王派将军王龁(hé)率领军队进攻赵国。王龁率领军队一直进攻到赵国的长平，和廉颇打了起来。廉颇打了两个小败仗，他认为秦国军队刚刚来到，正是士气最盛

的时候，不能和他们拼命，应该坚持防守，先不和敌人交战，所以他就挂出了"免战牌"，一直不再接受秦国军队的挑战。

过了一段时间后，秦国人着急了。王龁派人回秦国去问秦昭王该怎么办，秦昭王就听从了宰相范雎的意见，派人到赵国去实行反间计，秦国奸细到赵国散布消息说："廉颇就要投降了，长平很快就会被秦国占领。秦国人谁都不怕，就是怕赵奢的儿子赵括，如果赵国让赵括做了将军的话，那秦国就要战败了。"其实，这时候着急的不光是秦国人，赵孝成王也很着急，他多次派人去催促廉颇出战，廉颇就是不答应。赵孝成王很生气，当他听说秦国人最怕的是赵括后，就不理会众人的反对，坚持派赵括去长平代替廉颇当将军。

秦国人听说赵括到了长平的赵国军营后，就悄悄地把王龁叫回了秦国，派

大将白起到长平的前线去,秦昭王下命令说:"谁敢泄露白起到了长平的秘密,就杀了谁!"

赵括到了军营没几天,就率领一部分军队出了军营,向秦国军队进攻。白起故意让秦军装作打不过赵军的样子,纷纷后退,赵括见敌人后退,他就拼命带着军队追击,当追到一个小山谷的时候,赵括被早就埋伏在这里的秦军包围住了,和赵国军营失去了联系。白起又派军队切断了赵国军队运送军粮的道路,把长平的赵国军队分成两部分包围了起来。

赵国军队被秦军包围了四十六天后,赵国军队因为缺少军粮,军营里已经有人吃人的事情发生了。赵括决定突围出去,他带领军队拼了命地突围了好几次,就是冲不出去,后来在最后一次突围中,赵括被秦国军队用弓箭射死了。一看自己的将军死了,绝望的赵国军队就向白起投降了。

白起说:"先前,上党的百姓就是因为不愿意做秦国人,才投降了赵国,现在赵国人也不会愿意做秦国人的,恐怕吃饱饭以后,这些赵国的俘虏就会背叛我们,不如都把他们杀掉吧。"

所以,白起下命令,残忍地把赵国的四十多万降兵,都活埋了,只放了二百四十个没有成年的士兵回赵国。

经过这一战后,赵国再也没有力量和秦国为敌了,天下也再没有一个国家是秦国的对手了,秦国从此天下无敌了。

白起 白起征战一生,为秦国建立的功劳,几乎是数也数不清的,他为秦国统一中国的大业,立下了汗马功劳。白起虽然是常胜将军,但却没什么武德,他攻打楚国的时候曾放火焚烧楚王的陵墓,长平之战又活埋四十多万俘虏,实在是太过残忍,这也是人们为什么称他为"人屠"的原因。他最后被范雎陷害致死,没有能战死沙场,真是死得够窝囊的。

毛遂自荐

秦国军队在长平打败了赵国军队后，借着胜利，一直进攻到了赵国都城邯郸城下，包围了邯郸。秦昭王想一举灭掉赵国。

赵孝成王非常恐惧，他派宰相平原君上楚国去搬救兵。平原君打算带上二十个食客去楚国求救。他心想："如果用文的劝说不了楚王的话，那就用武的，就算是死，也要把楚国的救兵搬来！"但是他挑来挑去，只挑选到了十九个人，还差一个人。他又在食客里挑选了一遍，就是没找到那最后一个人。

这时，一个叫毛遂的食客，站出来对平原君说："听说主公您要带领二十个食客，到楚国去搬救兵，现在只得到了十九个人，还差一个人，那就让我跟主公去吧！"

平原君上上下下看了毛遂一会儿，然后问他："请问你来我这里，有几年了？"

毛遂说："主公，我来您这里已经有三年了。"

平原君说："你已经在我这里住了三年了，从来没有人在我面前夸赞过你，我也从来没有听说过你有什么特殊的才能。看来，你就是一个普通的人啊，如今我去楚国求救，这是关系到我们赵国生死的大事情，你没有能力就不要跟我去了，还是留在这里吧。"

毛遂说："主公您从来没听说过我有才能，那是因为我一直隐藏了自己的才能，现在是时候发挥我的才能了，请主公给我这个机会吧！"

平原君一看实在是找不到合适的人了，就答应了毛遂的请求。其他食客听说毛遂也跟着平原君一起去楚国后，都在背后笑话他。

平原君带着这二十位食客到了楚国后，就带着食客们去见楚王，平原君先进了大殿去游说楚王，食客们都站在大殿外的台阶下等候着。平原君自从早上进了大殿，一直游说楚王到了中午，楚王仍然没有答应出兵帮助赵国。这时，站在大殿外的食客们都很着急，另外那十九个食客，都对毛遂说："还是您进去，帮帮主公吧！"

毛遂点了点头，挺着胸，按着腰间的宝剑，登上台阶，就进入了大殿，他进入大殿后直接问平原君："主公，事情有什么难的啊，怎么从早上一直说到了中午，还没办完啊？"

大殿上坐着的楚王看见毛遂没有经过通报就进来后，很不高兴，他问平原君："这是什么人啊？"平原君赶紧说："这是我的食客。"

楚王瞪起眼睛骂毛遂："还不退下去！我正和你们主公说话呢，你算是什么东西啊！"

毛遂按住宝剑大声对楚王说："您敢这么大声骂我，不就是仗着你们楚国人多势众吗？现在我和您的距离只有十步，您的生命已经掌握在我的手上了，楚国就算再人多势众也没有用！我的主公在这儿呢，您凭什么骂我啊？而且我听说，从前开创商朝的汤王，凭借着七十里的土地就打败了所有的敌国，建立了商朝；开创周朝的文王，凭借着一百里土地，就打败了所有的敌国，建立了西周。难道他们都是凭借着人多势众吗？现在您的楚国，有五千里土地，有一百多万军队，凭借着这么强大的实力，您应该是成为天下的霸主的，可惜一个小小的白起，只带领着几万军队，就把您的楚国打

得丢盔卸甲。秦国已经占领了楚国多少土地了啊,杀了多少楚国人了啊,秦国难道不是楚国最应该痛恨的仇人吗?现在我们来诚心诚意地和您结盟,一起对付您的仇人秦国,您却这样对待我们,太让人失望了!"

楚王听完毛遂说的这番话后,赶紧向他道歉:"是,是啊,秦国确实是我国的仇人,您说得没错,请您原谅我的失礼吧。现在我愿意和你们赵国站在一起,共同对付秦国!"

毛遂问楚王:"您真的决定和我们站在一起,对付秦国了吗?"

楚王连忙点头说:"对,对,我决定了。"

毛遂就对大殿上的楚国大臣说:"快拿鸡、狗、马的血来。"

不一会儿,有人用铜盘端来了鸡、狗、马的血给毛遂,毛遂把铜盘接过来,跪着端到楚王的面前说:"请您和我们滴血立誓,您先滴血,然后是我们主公滴血,我们主公滴完后,我再滴血。"

楚王照着毛遂说的,用刀子割破了手指,把自己的血滴进了铜盘里,然后是平原君滴血,最后是毛遂滴血。

平原君在毛遂的帮助下,终于完成了出使楚国的任务,让楚王答应了救援赵国。回到了赵国后,平原君对毛遂说:"您的一条舌头,比一百万军队还厉害啊!"从此以后,毛遂得到了平原君的重视和信任。

战 国 四 公 子

战国时代有四个非常有名的公子,分别是魏国的信陵君、齐国的孟尝君、楚国的春申君和赵国的平原君。这四个人因为都很喜欢养食客,能够礼贤下士,他们每人养的食客都有两三千人,所以人们称他们为"战国四公子"。这四位公子中,魏国的信陵君是最贤德的。食客就是古代寄食在贵族官僚家里,为主人策划事情、各处奔走解决事情的人。

信陵君窃符救赵

平原君在向楚国求救的同时,还不断写信给魏国的信陵君,因为平原君的妻子是信陵君的姐姐,所以平原君才多次写信给信陵君,向魏国求救。

信陵君是魏国国君魏安釐(lí)王的弟弟,他养了三千多食客,在当时非常有名气,人们都称赞信陵君有德行。

信陵君接到平原君的求救信后,心里很着急,他不断地去见魏安釐王,请求魏安釐王派兵救援赵国。魏安釐王答应了,就派大将晋鄙率领十万军队救援赵国。秦昭王听到这个消息后,派人来魏国,吓唬魏安釐王说:"我很快就会把赵国灭掉了,谁要是敢救赵国的话,我灭掉赵国后,就直接灭了他!"魏安釐王一下子就被秦昭王吓住了,他命令刚走到半路的晋鄙,率领军队先停下扎营,等待命令再行动。

信陵君听说魏安釐王命令军队停下了,立刻派出自己的食客去轮流游说魏安釐王,希望能让魏安釐王命令军队继续前进。但是魏安釐王实在太害怕秦昭王,谁的话他都听不进去。

信陵君一看谁也说不动魏安釐王,他激动地说:"大王不去救赵国,那我自己去,就是死,我也要和我的姐姐死在一起!"他的食客们也都愿意跟随他去救援赵国,信陵君和他的食客们坐着一百多辆战车,就出发了。信陵君带领车队走到城门的时候,他的一个叫侯嬴的食客来劝他不要盲目去送死。

侯嬴把信陵君拉到没人的地方小声说:"咱们魏国调兵的兵符就在大王睡觉的床边,大王最宠爱的小妾是如姬,大王很信任她,除了大王以外,就只有如姬可以拿到兵符。我听说,以前如姬的父亲被人杀了后,大王帮如姬寻找了三

年仇人，都没找到，后来如姬哭着请求您为她父亲报仇，几天后，您就杀了如姬的仇人。如姬非常感激您，一直都在找机会报答您的恩情。现在，只要您去求如姬，让她帮您把兵符偷出来，您再拿着兵符去夺了晋鄙的军权，这样您不就可以带领军队去救援赵国了吗？"

信陵君按照侯嬴的计策，去求如姬从魏安釐王床边把兵符偷出来，如姬为了报答信陵君，果然偷出了兵符，交给信陵君。信陵君得到兵符后，就要出发去救赵国。侯嬴来为他送行，身边还带着一人，侯嬴对信陵君说："您虽然得到了兵符，但是晋鄙也不一定就会听从您的命令。他如果怀疑您的话，那事情可就糟了。我身边的这个人，是我的朋友，他叫朱亥(hài)，非常勇猛。如果晋鄙不听从您的命令的话，您就让朱亥杀了他。"

信陵君听着侯嬴这么说，就哭了起来。侯嬴很奇怪地问他："怎么了，您害怕了吗？"

信陵君说："晋鄙是一位有勇有谋的将军，他一定不会相信我，为了救赵国，我就不得不杀了他。我为我们魏国将要失去一位好将军，感到悲伤，所以才哭泣，不是因为怕死。"

信陵君到了晋鄙的军营后，拿出了兵符对晋鄙说："大王命令我代替将军接管军队，然后立即救援赵国。"

晋鄙怀疑地说："大王把十万军队交给了我，现在您一个人来说大王让您代替我当将军，大王却没有发给我任何命令，这真的让我很难相信您。"

信陵君身边的朱亥见晋鄙不肯相信信陵君，拿着四十斤的铁锤就打了晋鄙胸口一下，晋鄙立刻就吐血倒地，死去了。信陵君成为了十万魏国军队的将军。信陵君集合起军队说："父亲和儿子都在军队中的，父亲可以回家去；哥哥和弟弟都在军队中的，哥哥可以回家去；是独生子的，也可以回家去养活父母。"就这样，信陵君精选出了八万军队。当天，信陵君集合好军队，登上战车，率领着魏国军队快速向赵国赶来。

信陵君赶到赵国后，立即向秦军进攻，这时，楚国的军队也来到了赵国救援。秦国军队被打得大败，逃了回去。

信陵君知道魏安釐王怨恨自己偷盗兵符，所以救了赵国后，他不敢再回魏国去了，只让那八万军队都回了魏国，他自己和食客们就都留在了赵国。

兵符 兵符就是古代传达命令或调兵遣将所用的一种凭证。用铜、玉或木石制成，做成老虎的形状，所以又称为虎符。制成两半，右半留存在国君手中，左半交给军队统帅。调发军队时，必须两片兵符合到一起后，才能生效。通常在军队里，都是只认兵符不认人的，即使是再大的官员，没有兵符在手的话，也调动不了军队。

栗腹为燕攻赵

在秦国和赵国大战的时候，赵国北方的邻国燕国一直在坐山观虎斗。当燕国人看到赵国惨败后，便偷偷地高兴起来。燕国的宰相叫栗（lì）腹，他看到赵国惨败后，就对燕王说："赵国刚刚被秦国打败，现在是赵国最虚弱的时候，我们应该抓住这个机会去夺它几座城池，大王您觉得呢？"

燕王笑着说："嗯，说得对，不能错过这个机会！"

栗腹说："那先让我去赵国打探一番，再了解一下赵国的实际情况，大王您可以在我去赵国的时候，集结好军队。"燕王笑着点头说："嗯，好。"

第二天，栗腹带着五百两黄金和一些礼物，驾着车向赵国驶来。到了赵国后，赵孝成王设下丰盛的酒宴，来招待栗腹。喝了几杯酒后，赵孝成王有点儿醉了，就悲伤地感叹起来说："我对不起祖宗和国家啊，长平这一场仗，我就丢掉了上百里土地，几乎损失了全部的军队，靠魏国和楚国的帮助，才保住了赵国。我差一点就让赵国灭亡，真是愧对我的百姓啊。"

栗腹听到这些话后，心里暗暗高兴。回国后，栗腹兴奋地对燕王说："赵国的成年男人都已经在长平战死了，现在的赵国的军队，多半都是小孩子，我们应该立即出兵去攻打赵国，晚了的话，我怕这个大便宜就被别的国家捡走了。"

燕王十分高兴地说："啊，真是上天赐给我们的好机会啊，希望你能像从前的乐毅一样，为我们燕国争光！"

栗腹说："我一定不辜负大王您对我的期望，我这就去作出兵的准备！"

栗腹走了后，燕王派人把乐毅的儿子乐间叫进宫来说："栗腹跟我说赵国的成年男人都让秦国人杀光了，现在赵国的军队都是一群小孩。我打算趁这个机会，立刻攻打赵国，一定能轻松地打败赵国。"

乐间赶紧说："千万不要这么做啊大王，赵国一直都是一个军事强国，他们的百姓都习惯了战争，即使是小孩子也都懂得打仗。他们的大将军廉颇那更是厉害得很，我们不应该去和赵国为敌啊。"

燕王瞪起眼睛说："哼，廉颇算什么啊，还不是被秦国人打得落花流水？难道我们燕国的勇士会怕一群娃娃兵吗？简直是笑话！你不要再说了，我已经决定攻打赵国了。"

乐间还是阻止燕王这么做，他说："我们国力现在刚刚恢复起来，现在千万不要冒险啊，秦国那么强大的军队，都在邯郸城外被打败了，我们怎么能接着冒险呢？"

燕王大怒说："没想到乐毅的儿子竟会这么胆小，真是侮辱了你父亲的名声。给我退下，我不想再听你胡说！"

乐间知道劝说不了燕王，只能叹息着走出了王宫。

公元前251年，燕国集结了六十万大军，由栗腹做元帅，兵分两路：一路由卿秦做将军，领兵二十万；另外一路四十万主力军队，由栗腹亲自率领。浩浩荡荡地向赵国杀来。

赵孝成王得知燕国军队来入侵后，立即派廉颇率领十三万军队抵抗敌军。栗腹听说廉颇只率领十三万军队来迎战，骄傲地

大笑起来说："我有六十万大军，他廉颇才区区十三万人，我们一人吹口气，也能轻易地把赵国人吹回老家。我一定要生擒廉颇，好好地羞辱他一番。"

廉颇到了前线后，留下五万军队和卿秦二十万燕国军队周旋，他自己率领八万军队去迎击栗腹的四十万燕国军队。自从赵国被秦国打败后，赵国的士兵们心里都有一团怒火，现在见燕国人竟然想来趁火打劫，都非常地愤怒，立下誓言要燕国人有来无回。所以当他们和燕国军队打起仗来的时候，个个都不要命似的向前冲杀，燕国军队被吓坏了，立即后退。廉颇和栗腹大战的三场，栗腹的军队每次都被打败，死伤无数。休息了几天后，栗腹也不敢小看赵国军队了，他决定凭借人数多的优势，和廉颇作一次大决战。

大决战的时候，廉颇派一小部分军队假装被燕国军队打败，然后败逃，栗腹见赵国军队败退，立刻率领军队追赶，没想到廉颇早就埋伏下军队等着他呢。当燕国军队进入埋伏圈后，廉颇立即率军对燕国军队发动了猛烈的进攻，燕国军队大乱，士兵们只想着逃命。混乱中，栗腹被英勇的赵国士兵砍死，燕国军队尸横遍野。打败了栗腹这部分燕国军队后，廉颇立即回去攻打卿秦的那部分燕国军队。廉颇率军一个冲锋就大败了卿秦率领的燕国军队，俘虏了卿秦。

廉颇接着率领大胜的赵军，直接攻进了燕国。燕王被吓得直哆嗦，非常后悔自己愚蠢的行为，赶紧派使者去赵国求和。最后，燕国割让给了赵国五座城池，赵国才撤走了军队。

栗腹

栗腹本来是齐国人，乐毅为燕国攻打齐国的时候，他离开了齐国，周游天下，后来就到了燕国。公元前272年，燕惠王被燕国宰相公孙操杀死。栗腹就劝说公孙操拥立燕惠王的儿子当燕王，史称燕武成王。栗腹从此在燕国得到重用，后来栗腹建议燕国出兵攻打北方的少数民族，并亲自带军队打败了北方少数民族，为燕国占领了一千多里土地。栗腹攻占了这片土地后，就修建了一段长城，用来抵挡北方少民族的进攻。就是因为这些战功，栗腹被燕王封为燕国宰相。

白起杀降有报

在秦国军队围困赵国都城邯郸的时候,秦国大将白起就因为生病,离开了前线,回到了秦国养病,代替他进攻邯郸的是王陵。

王陵到了前线后,就率领军队,猛烈地进攻邯郸城,但是邯郸城是赵国的都城,城墙很高很厚,防守也很严密,秦国军队死了很多人后,还是一点好处都没捞到。秦昭王已经下定决心要占领邯郸,灭掉赵国,所以他又从秦国派军队去帮助王陵攻打邯郸城。王陵继续率领军队猛攻邯郸城,还是一点便宜都没占到,秦军却损失了五位将领。

这时,白起的病已经好了。秦昭王对白起说:"还是你到前线去攻打邯郸城吧,王陵看来是不行了。"

白起说:"大王,我们虽然在长平消灭了赵国四十五万军队,但是我们自己也损失了几十万人啊,现在我们已经很难再把城墙坚固的邯郸城打下来了。而且现在魏国和楚国已经答应出兵救援赵国了,对付一个赵国已经让我们用上了全部的力量,现在还有什么力量再同时对付魏国和楚国呢?我们如果不及时从邯郸撤退的话,等到魏国和楚国的援军到了邯郸,赵国再和他们里应外合,那我们就一定会被他们打败的!"

秦昭王大声说:"现在天下还有哪个人敢跟我作对呢!赵国很快就会亡国了,魏国和楚国也都是一群饭桶,他们要是敢去救援赵国的话,我灭了赵国后,就一起把这两个不知天高地厚的国家也灭掉!你还是赶紧到前线为国家立功去吧!"

白起看说服不了秦昭王,就假装说:"不行啊,大王,我的病还没有完全好呢,我还常常感到头晕,这会儿头又有点儿发晕了,我要回家再养养,告辞了大

王。"白起说完就赶快退出了王宫。

过了几天，秦昭王又让宰相范雎到白起家里，去劝白起到邯郸打仗。白起始终躺在床上装病，不肯到邯郸的前线去。

秦昭王见不能再指望白起了，就派王龁到邯郸的前线去代替王陵当将军。王龁也继续猛烈地进攻邯郸城，但还是一点便宜都占不到，邯郸城依然像泰山一样稳固。这时，魏国和楚国的军队也来到了邯郸城下，救援赵国。王龁率领军队同时和赵、楚、魏三个国家的军队打仗，损失惨重。

白起听到王龁被打败的消息后，得意地说：

"大王不听我的话，现在被人家打败了吧。"秦昭王听到这句话后非常地愤怒，他强迫白起回到军队中，白起还是坚持说自己要养病。秦昭王又派范雎去请白起回军队带兵，白起就假装说自己病得很严重了，什么都不能做了。

秦昭王越来越气愤，就下令把白起降为一个小兵。这时，王龁在赵国被赵、楚、魏三国的军队连续打败了很多次，他不停地派人回秦国来求援。

秦昭王知道白起是不会再回到前线去了，就下命令，把白起赶出了都城咸阳。白起出了咸阳城西门后，走了十里，来到了一个叫杜邮的地方停了下来。

这时，范雎对秦昭王说："我看白起根本不愿意离开咸阳，他心里好像很怨恨大王您啊，只是不敢说出来。"

秦昭王露出了凶狠的目光说："他也太不把我放在眼里了，总是违抗我的命令，难道他不知道自己的小命掌握在我的手里吗？那好，我现在就让他知道，他是死还是活，是我说一句话就能决定的！"他说完，就派人带着一把剑去见白起，命令白起用剑自杀。

白起接到秦昭王派人送来的剑后，悲伤地说："天啊，我到底犯了什么罪呢？今天竟然落得这样的下场！"

过了一会儿，白起才又非常平静地说："是啊，我的确是有罪，确实是该死。长平之战的时候，赵国的军队投降了四十多万，我都把他们活埋了，犯了这么大的罪，还不该死吗？"说完他就用剑自杀了。

秦
昭
王

秦昭王一共做了五十六年国君，在他统治秦国的时候，秦国已经是当时天下最强盛的国家，他不断地派军队攻打其他国家了，韩国、赵国和楚国都是差一点儿就被他给灭掉。秦昭王的时代，不仅仅是秦国称霸的时候，也是秦国迅速走向统一中国的时代，在秦昭王不断的派军队攻打下，其他国家已经进入灭亡的倒计时了。

王翦灭楚

白起死了以后，秦国又出现了一位有勇有谋的将军，他就是王翦(jiǎn)。

公元前247年，历史上非常著名的秦王嬴(yíng)政成为了秦国的新国王，秦国加快了统一中国的步伐。

秦王嬴政派军队消灭了韩国、赵国和魏国后，接着，决定消灭楚国。于是他派王翦率领六十万军队攻打楚国。

很快，六十万军队就集合好了，王翦率领着军队，浩浩荡荡地出发了。走到边关的时候，王翦又派人回去对秦王嬴政说："大王不要忘了多赏给我们家一点儿田地和房子啊。"

有个人忍不住对王翦说："您作为堂堂大将军，却这么喜欢贪财，实在是有点儿过分。"

王翦说："不是我贪财，我这样做是为了让大

王对我放心，不怀疑我。现在我带领的六十万人，几乎是秦国全国的军队，大王本来就是个很容易怀疑别人的人，我如果不装成贪财的样子，大王怎么能对我完全放心呢？"

楚国人听说王翦带着六十万军队杀来了，也赶紧集合起全国的军队来抵抗秦军。王翦率军队到了楚国后，就挂出了"免战牌"，整整一年没有出战。楚国军队多次来到秦军军营前挑战，王翦就是不和他们打。这一年来，他整天地在军营里好吃好喝地招待士兵们，和士兵们一起吃饭。士兵们见王翦这么爱护他们，都愿意为王翦上阵杀敌。

楚国人见无论怎么挑战，秦国人都不出来交战，就从秦军的军营前撤走了。这时，王翦认为该出击了，就率领着六十万军队，迅速追击楚国军队。没作多少准备的楚国军队，被打得大败。王翦继续派军队攻打楚国的各个城市，俘虏了楚王，终于占领了楚国的全部土地。

公元前223年，楚国被秦国灭亡了。

公元前221年，秦王嬴政派王翦的儿子王贲消灭了齐国。秦国终于统一了中国，秦王嬴政统一中国后，就自称始皇帝。战国时代结束了，中国进入了一个崭新的时代。

秦 王 嬴 政

秦王嬴政的父亲曾经在赵国的邯郸做过人质，所以秦王嬴政出生在邯郸，他出生的那一年，正是长平之战的第二年。他十三岁就成为秦王，当时由宰相吕不韦辅佐他，秦国加快扩张的步伐，不断地派军队攻打其他国家。二十二岁后，秦王嬴政杀了吕不韦，把秦国的大权都握在了自己的手上。三十九岁时，秦王嬴政就统一了中国，他自称始皇帝，史称秦始皇。